COLLECTION FOLIO

Henry James

Le menteur

Traduit de l'américain
par Muriel Zagha

Gallimard

Cette nouvelle est extraite de *Nouvelles complètes, 1877-1888*, II (Bibliothèque de la Pléiade).

Henry James est né américain en 1843, et mort anglais en 1916 après avoir demandé la nationalité britannique. Élevé dans le culte de la civilisation européenne et du Vieux Monde, il partage très tôt son temps entre l'Europe et les États-Unis. Grâce à la fortune familiale, il peut se consacrer exclusivement à la littérature et, dès 1864, publie des nouvelles et des articles critiques. Après plusieurs voyages, il s'installe finalement à Paris, fréquente les salons littéraires et passe beaucoup de temps en Italie. En 1875, paraît son premier roman *Roderick Hudson*, l'histoire d'un jeune avocat américain qui quitte tout pour devenir un sculpteur renommé à Rome. L'année suivante, dans *L'Américain*, c'est Christopher Newmann qui part chercher culture et épouse en Europe. Les thèmes de la plupart de ses œuvres y sont déjà abordés : l'opposition entre la vieille Europe et la jeune Amérique, le puritanisme, l'innocence. Publiée en 1878, la longue nouvelle *Daisy Miller* en est une illustration. Dans *Les Bostoniennes* en 1885, il décrit, sur fond de lutte féministe, la complexité des cœurs et des êtres. L'art d'Henry James culmine dans *Ce que savait Maisie* en 1897 où la petite Maisie, dont les parents ont divorcé, observe le monde des adultes avec à la fois innocence et maturité. Il met en scène des enfants encore dans *L'Élève* (1891) et dans une de ses plus célèbres nouvelles, *Le Tour d'écrou* (1898) où surgissent toutes les terreurs de l'enfance et le surnaturel. Il publie ensuite trois longs romans, *Les Ailes de la colombe* en 1902 : Milly Theale, riche héritière, condamnée par la maladie, est manipulée par son amie Kate qui veut s'approprier sa fortune. *Les Ambassadeurs*, en 1903, met en scène la séduction qu'exercent Paris et son atmosphère : Lambert Strether est chargé de ramener l'héritier d'une grande famille de Boston épris d'une Française. Mais, conquis à son tour par l'esprit de liberté qui règne sur la capitale, il retourne seul en Amérique, imprégné à jamais de la culture de la « vieille Europe ». En 1904, *La Coupe d'Or* marque la fin de sa carrière de romancier, mais non d'écrivain. Il publie une *Autobiographie*, revoit tous ses romans pour une édition de ses œuvres complètes et rédige ses *Carnets.* La Première Guerre mondiale marque l'effondrement de son monde et sa volonté de devenir citoyen britannique en 1915 apparaît comme un acte désespéré.

Découvrez, lisez ou relisez les livres de Henry James :

LES BOSTONIENNES (Folio n° 479)

L'AMÉRICAIN (Folio n° 1346)

LES AILES DE LA COLOMBE (Folio n° 3141)

DAISY MILLER (Folio Bilingue n° 45 et Folio 2 € n° 3624)

LA MAISON NATALE (L'Étrangère et Folio Bilingue n° 78)

LE BANC DE LA DÉSOLATION ET AUTRES NOUVELLES (Folio classique n° 3773)

LA SOURCE SACRÉE (Folio Classique n° 4190)

I

Le train avait une demi-heure de retard et le trajet depuis la gare dura plus longtemps qu'il ne l'avait prévu, de sorte qu'à son arrivée au manoir les autres invités s'étaient dispersés pour se changer avant le dîner, et on le conduisit directement à sa chambre. Les rideaux étaient tirés dans ce refuge, les bougies allumées, un feu brûlait dans la cheminée et, une fois que le domestique eut rapidement défait les bagages du visiteur, la petite pièce confortable s'emplit de suggestions – elle semblait promettre un séjour agréable, une compagnie variée, des conversations, des rencontres et des attirances, pour ne rien dire d'une très bonne chère. Il était trop occupé par sa profession pour faire de fréquents séjours à la campagne, mais il avait entendu des gens qui disposaient de plus de loisir parler de maisons où « on vous traitait comme un prince ». Il devinait qu'il en serait ainsi au manoir de Stayes. Il commençait toujours, en arrivant dans sa chambre à la campagne, par examiner les livres placés sur l'étagère et les gravures qui ornaient les murs ; ces éléments lui semblaient en quelque sorte révélateurs de la culture, voire du caractère de ses hôtes. En cette occasion, il n'avait guère de temps à leur consacrer, mais une inspection rapide l'assura que si la littérature, comme d'habitude, était surtout américaine et de genre humoristique, la peinture ne consistait ni en études à l'aquarelle exécutées par les enfants de la famille ni en gravures « bien-pensantes ». Les murs étaient ornés de lithographies surannées, en majorité des portraits de gentlemen campagnards en col montant et gants d'équitation : ceci suggérait – et c'était une pensée encourageante – que l'on tenait ici la tradition du portrait en haute estime. Comme d'habitude, un roman de Mr. Le Fanu[1] se trouvait sur la table

1. Apparitions, lieux hantés et scènes macabres forment la substance des romans de l'Irlandais Sheridan Le Fanu (1814-1873), grand amateur de démonologie et d'expériences psychiques insolites.

de nuit : c'était la lecture idéale dans un manoir, après minuit. Oliver Lyon, tout en boutonnant sa chemise, eut bien de la peine à s'empêcher de le commencer.

C'est peut-être pour cette raison que Lyon non seulement trouva toute la compagnie assemblée dans le hall quand il descendit, mais devina en outre, à la manière dont on se dirigea aussitôt vers la salle à manger, qu'on l'avait attendu. On ne prit pas le temps de le présenter à une dame, et il quitta la pièce dans un groupe d'hommes seuls, auxquels manquait cet accessoire. Ces messieurs, qui traînaient à l'arrière-garde, se livrèrent au ballet habituel à la porte de la salle à manger, et le *dénouement** de cette petite comédie fut que Lyon gagna sa place en dernier. Cela lui fit songer qu'il se trouvait dans une compagnie assez distinguée, car s'il avait été humilié (ce qui n'était pas le cas), il lui aurait été impossible de se consoler à l'idée qu'un tel sort était naturel pour un jeune artiste obscur qui se battait pour réussir. Il ne pouvait plus se considérer comme très jeune, hélas, et si sa posi-

* Les mots ou expressions en français dans le texte de James – dont nous avons maintenu l'orthographe, parfois fautive – sont imprimés en italique et suivis d'une étoile noire placée en exposant.

tion n'était pas aussi brillante qu'elle aurait dû l'être, il ne pouvait plus se justifier en parlant de combat. Il était, dans une certaine mesure, célèbre, et se trouvait, semblait-il, en compagnie d'autres gens célèbres. Cette idée aiguisa la curiosité avec laquelle, en prenant place, il parcourut du regard la longue table.

On était vingt-cinq à table, ce qui faisait une compagnie nombreuse ; Lyon songea qu'on avait choisi une étrange occasion pour l'inviter. Il ne pourrait bénéficier du calme qui garantit un bon travail ; cependant, son travail n'avait jamais souffert de la contemplation de la comédie humaine à l'occasion des entractes. De plus, même si l'artiste l'ignorait, le manoir de Stayes n'était jamais calme. Lorsqu'il travaillait bien, il se trouvait dans cet heureux état – le plus heureux de tous pour un artiste – où les circonstances générales s'accordent à l'idée particulière et la favorisent, la soutiennent et la justifient, de sorte qu'il semble à l'artiste, tant que l'impression dure, que rien au monde ne saurait l'atteindre, même sous forme de désastre ou de souffrance, sans rehausser les couleurs de son sujet. En outre, il y avait quelque chose d'exaltant (ce n'était pas la première fois qu'il en faisait l'expérience) dans le brusque changement de décor – dans le passage, à la fin de l'après-midi, des brumes de Londres et du cadre familier de son atelier à un lieu de fête en plein Hertfordshire et au milieu d'une pièce à moitié jouée, pièce composée de jolies femmes, d'hommes distingués et de merveilleuses orchidées dans des vases d'argent. Il remarqua qu'une de ces jolies femmes, fait non négligeable, était placée à côté de lui ; un gentleman se trouvait de l'autre côté. Mais pour l'instant, ses voisins ne retenaient guère son attention : il était occupé à chercher Sir David, qu'il n'avait jamais rencontré et qu'il était naturellement curieux de voir.

De toute évidence, cependant, Sir David ne se trouvait pas au nombre des convives, circonstance qui s'expliquait assez par une autre, constituant l'essentiel de ce que notre ami savait de lui : Sir David était âgé de quatre-vingt-dix ans. Oliver Lyon était enchanté d'avoir l'occasion de peindre un nonagénaire, et bien que l'absence du vieil homme au dîner le déçût un peu (c'était une occasion de moins de l'observer avant de se mettre à l'ouvrage), elle paraissait indiquer que Sir David était une sorte de relique sacrée et, par conséquent, peut-être impressionnante. Lyon examina le fils de Sir David avec le plus vif intérêt – il se demandait si l'incarnat vernissé de ses joues lui avait été transmis par son père. Ce serait amusant à peindre, chez un vieillard – le rouge flétri d'une pomme d'hiver, surtout si l'œil était toujours vif et si les cheveux blancs accentuaient l'effet d'ensemble en évoquant le givre. Les cheveux d'Arthur Ashmore étaient d'une couleur chaude, comme il convenait à l'été de la vie, mais Lyon était content d'avoir été engagé pour peindre le père plutôt que le fils, bien qu'il n'eût jamais vu le premier et que le second se trouvât maintenant assis devant lui, à dispenser les bienfaits de son hospitalité avec une gaieté joviale.

Arthur Ashmore était un gentleman anglais au teint frais et au cou épais, mais enfin, il ne constituait pas un sujet ; il aurait pu être fermier, ou bien banquier : on aurait eu du mal à lui prêter un caractère en faisant son portrait. Son épouse ne compensait pas ce déficit ; c'était une femme massive, brillante et négative qui, comme son mari, semblait pour ainsi dire flambant neuve ; elle donnait l'impression d'être fraîchement vernie (Lyon n'aurait su dire si cela provenait de son teint ou de ses vêtements), de sorte qu'à la voir on songeait qu'elle aurait dû poser dans un cadre doré, invitant à se référer à un catalogue ou à une liste de prix. C'était comme si elle était déjà un portrait plutôt mauvais mais coûteux, barbouillé par une main éminente, et Lyon n'avait aucune envie de copier cette œuvre. La jolie femme placée à sa droite conversait avec son voisin, et le gentleman qui se trouvait de l'autre côté semblait renfermé et craintif, de sorte que Lyon eut le loisir de se consacrer à son divertissement favori et d'observer l'un après l'autre chacun des visages. Cette distraction lui procurait le plus grand plaisir qu'il connût, et Lyon songeait souvent qu'il avait bien de la chance de s'intéresser au masque humain et de ne pas le trouver plus dépourvu d'attrait (certains visages ne parvenaient que d'extrême justesse à retenir son attention), puisqu'il était voué à gagner sa vie en le reproduisant. Certes, Arthur Ashmore ne suscitait pas le désir de le peindre (une certaine inquiétude envahit l'artiste à l'idée que, s'il réussissait l'entreprise avec le beau-père, Mrs. Arthur n'aille se mettre en tête de le juger désormais digne d'*aborder** son mari) ; toutefois, quand bien même il aurait un peu moins ressemblé à une page privée de ponctuation (mais belle quant à l'impression et la marge), il n'en offrirait pas moins une surface rafraîchissante et irisée. Mais le gentleman placé à quatre convives de là –

qu'était-il donc ? Pourrait-il constituer un sujet, ou bien son visage n'était-il que la plaque lisible à la porte de son identité, rendue brillante à force de lavages et rasages réguliers – le seul aspect présentable qui permît de le reconnaître ?

Ce visage retint l'attention d'Oliver Lyon ; il avait d'abord été frappé par sa parfaite beauté. Cet homme avait encore l'allure de la jeunesse, et des traits réguliers : il arborait une abondante moustache blonde qui frisait à chaque extrémité, un air brillant, brave et presque aventureux, ainsi qu'une grosse épingle de cravate étincelante piquée au centre de sa chemise. Il faisait l'effet d'une belle âme satisfaite, et Lyon se rendit compte que partout où il posait son regard amical s'étendait une influence aussi agréable que celle du soleil de septembre – comme s'il avait le pouvoir de faire mûrir les raisins, les poires, et même l'affection humaine, rien qu'en les regardant. Ce qui était bizarre en lui était un mélange particulier de correction et d'extravagance : comme s'il était un aventurier imitant un gentleman avec une perfection consommée ou bien un gentleman qui se serait mis en tête d'aller dans le monde en cachant une arme sur lui. Il aurait pu être un prince détrôné ou le correspondant de guerre d'un journal : il représentait à la fois l'entreprise et la tradition, les bonnes manières et le mauvais goût. Lyon finit par engager la conversation avec la dame assise à ses côtés – ils se dispensèrent de présentations, comme il avait dû le faire à d'autres dîners – en lui demandant qui pouvait bien être ce personnage.

« Ah, mais c'est le colonel Capadose, vous ne le connaissez pas ? » Lyon ne le connaissait pas, en effet, et demanda davantage de renseignements. Sa voisine paraissait sociable et elle avait de toute évidence l'habitude des transitions rapides ; elle se détourna de son autre interlocuteur d'un air méthodique, comme une bonne cuisinière soulève le couvercle de la casserole suivante. « Il a vécu longtemps en Inde – n'est-il pas plutôt célèbre ? » demanda-t-elle. Comme Lyon avouait qu'il n'avait jamais entendu parler de lui, la dame poursuivit : « Ah, bon, peut-être pas, après tout ; mais il affirme qu'il l'est, et si vous en êtes convaincu, cela revient pratiquement au même, n'est-ce pas ?

– Si *vous* en êtes convaincu ?

– Je veux dire s'il en est convaincu, lui – je suppose que cela vaut tout autant.

– Voulez-vous dire qu'il affabule ?

– Oh, mon Dieu, non – parce que je ne suis jamais sûre de rien. Il est on ne peut plus intelligent et amusant – de loin le plus intelligent de tous les invités, à moins que vous ne le soyez davantage vous-même. Mais je ne saurais en juger pour le moment, n'est-ce pas ? Je ne suis informée que sur les gens que je connais ; il me semble que c'est assez, comme célébrité !

– Assez pour eux ?

– Ah, je vois que vous êtes intelligent. Non, assez pour moi ! Mais j'ai entendu parler de vous, poursuivit la dame. Je connais vos tableaux ; je les admire. Mais je trouve que vous ne leur ressemblez pas.

– Je fais surtout des portraits, répondit Lyon ; et je n'ai pas pour habitude de me représenter moi-même.

– Je vois ce que vous voulez dire. Mais vos tableaux ont beaucoup plus de couleur. Et maintenant, vous vous apprêtez à peindre une des personnes qui se trouvent ici ?

– On m'a invité pour faire le portrait de Sir David. Je suis assez déçu de ne pas le voir ce soir.

– Oh, il va se coucher à une heure impossible – 8 heures ou quelque chose comme cela. Vous savez, c'est une sorte de vieille momie.

– Une vieille momie ? répéta Oliver Lyon.

– Je veux dire par là qu'il porte cinq ou six gilets, et autres particularités de ce genre. Il a toujours froid.

– Je ne l'ai jamais vu, et je n'ai jamais vu de portrait ni de photographie de lui, reprit Lyon. Je suis surpris qu'il n'ait jamais rien fait faire – que la famille ait attendu toutes ces années.

– Ah, mais c'est parce qu'il avait peur, voyez-vous ; c'était un genre de superstition. Il était convaincu que si on faisait son portrait, il mourrait immédiatement après. Il n'y a consenti qu'aujourd'hui.

– C'est donc qu'il est prêt à mourir ?

– Oh, il est maintenant si vieux qu'il s'en moque.

– Eh bien, j'espère que je ne le tuerai pas, dit Lyon. C'est plutôt curieux de la part de son fils de m'avoir appelé.

– Oh, ils n'ont rien à y gagner – tout est déjà à eux ! » répliqua sa compagne comme si elle prenait son discours au pied de la lettre. Son bavardage était systématique – elle fraternisait aussi sérieusement qu'elle aurait joué au whist. « Ils font comme bon leur semble – ils remplissent la maison de gens –, ils ont *carte blanche**.

– Je vois, mais ils n'ont pas encore le titre.
– Sans doute, mais quelle importance ? »

Notre artiste éclata de rire à ces mots, et sa compagne le regarda, interdite. Avant qu'il eût pu se ressaisir, il la vit occupée à faire un tour d'horizon avec son autre voisin. Le gentleman placé à sa gauche risqua enfin une observation, et ils entamèrent une conversation fragmentée. Ce personnage jouait son rôle avec difficulté : il avançait une remarque comme une dame tire un coup de feu, en détournant les yeux. Pour saisir la balle au bond, Lyon dut tendre l'oreille, et ce mouvement lui permit de remarquer une splendide créature qui était assise du même côté de la table, au-delà de son interlocuteur. Elle lui présentait son profil et, tout d'abord, il ne fut frappé que par sa beauté ; puis le visage de la dame produisit sur Lyon une impression plus agréable encore – le sentiment d'un souvenir resté vivace et d'une association intime. S'il ne l'avait pas reconnue sur le moment, c'était seulement qu'il s'attendait si peu à la voir là ; il y avait si longtemps qu'il ne l'avait vue nulle part, et il n'avait jamais eu de ses nouvelles. Elle était souvent présente dans les pensées de l'artiste, mais elle était sortie de sa vie. Il pensait à elle deux fois par semaine ; cela peut sembler souvent pour une personne que l'on n'a pas vue depuis douze ans. Dès qu'il l'eut reconnue, il sentit combien il était vrai qu'elle seule pouvait faire cette impression : de la plus charmante tête qu'il y eût au monde (et cette dame la possédait), il ne pouvait exister de copie. Elle s'était légèrement penchée en avant ; elle restait de profil, occupée, semblait-il, à écouter quelqu'un qui se trouvait assis à côté d'elle. Mais elle ne faisait pas qu'écouter ; elle regardait aussi, et après un instant, Lyon suivit la direction de son regard. Il était posé sur le gentleman qu'on lui avait désigné comme le colonel Capadose – et posé, selon Lyon, avec une sorte de satisfaction familière et visible. Cela n'avait rien de surprenant, car le colonel était fait pour attirer le regard bienveillant des femmes ; mais Lyon fut légèrement déçu de voir qu'elle pouvait le laisser, lui, la contempler si longtemps sans lui accorder un regard. Il n'y avait rien entre eux aujourd'hui, et il n'avait aucun droit sur elle, mais elle devait savoir qu'il serait au nombre des invités (cette nouvelle n'avait évidemment rien de sensationnel, mais elle ne pouvait séjourner au manoir sans en avoir entendu parler), et il n'était pas naturel qu'elle y fût tout à fait indifférente.

Elle regardait le colonel Capadose comme si elle était amoureuse de lui – étrange accident pour la plus orgueilleuse et la plus réservée des femmes. Mais cela n'avait sans doute guère d'importance, si cela ne déplaisait pas à son mari ou s'il ne s'en apercevait pas : Lyon avait appris d'une source indéterminée, des années auparavant, qu'elle s'était mariée, et il considérait comme allant de soi (puisqu'il n'avait pas entendu dire qu'elle était devenue veuve) la présence au dîner de l'heureux homme auquel elle avait accordé ce qu'elle lui avait refusé à lui, alors étudiant pauvre à Munich. Le colonel Capadose semblait ne rien remarquer, et bizarrement, cette circonstance irrita Lyon au lieu de lui faire plaisir. Tout à coup, la dame tourna la tête, montrant son visage de face à notre héros. Il s'attendait tant à un signe de reconnaissance qu'il sourit immédiatement, comme un récipient trop plein déborde ; mais il n'y eut aucun signe : elle se détourna de nouveau et s'appuya au dossier de sa chaise. Tout ce que son visage avait exprimé pendant cet instant était : « Comme vous le voyez, je suis toujours aussi belle. » À quoi il répondit mentalement : « Oui, et je n'en suis pas plus avancé qu'autrefois ! » Il demanda à son jeune voisin s'il savait qui était cette magnifique créature – la cinquième personne assise de son côté. Le jeune homme se pencha en avant, réfléchit, et conclut : « Je crois que c'est Mrs. Capadose.

– Vous voulez dire sa femme – la femme de cet homme-là ? » Et Lyon lui désigna le sujet de l'information que lui avait fournie sa voisine.

« Ah, c'est donc lui, Mr. Capadose ? » répondit le jeune homme, qui paraissait très vague. Il l'était d'ailleurs vraiment, comme il le reconnut lui-même, expliquant que la compagnie était très nombreuse et qu'il n'était arrivé que la veille. Ce qui était clair aux yeux de Lyon était que Mrs. Capadose était amoureuse de son mari ; de sorte qu'il regretta plus que jamais de ne pas l'avoir épousée lui-même.

« Elle est très fidèle », s'entendit-il dire trois minutes plus tard à la dame placée à sa droite. Il ajouta qu'il parlait de Mrs. Capadose.

« Ah, vous la connaissez donc ?

– Je l'ai connue autrefois – quand je vivais à l'étranger.

– Alors pourquoi donc me posiez-vous des questions sur son mari ?

– Précisément pour cette raison. Elle s'est mariée après cette époque – je ne connaissais même pas son nom actuel.

– Et comment se fait-il que vous le sachiez maintenant ?

– Ce jeune homme vient de me le dire – il paraît le savoir.

– J'ignorais qu'il sût quoi que ce soit, dit la dame en jetant un regard rapide devant elle.

– Je crois que c'est là tout ce qu'il sait.

– Ainsi, vous avez découvert vous-même qu'elle est fidèle. Qu'entendez-vous par là ?

– Ah, il ne faut pas m'interroger – c'est à moi de vous poser des questions, répondit Lyon. Que pense-t-on d'elle ici ?

– Vous m'en demandez trop ! Je ne peux parler qu'en ce qui me concerne. Je la trouve dure.

– Ce n'est que parce qu'elle est honnête et franche.

– Est-ce que vous entendez par là que j'aime les gens d'autant plus qu'ils sont trompeurs ?

– Il me semble que nous sommes tous dans le même cas, tant que nous ne découvrons pas que l'on nous trompe, dit Lyon. Et puis il y a quelque chose dans son visage – un genre de type romain, bien qu'elle ait le regard si anglais. En fait, elle est anglaise jusqu'au bout des ongles ; mais son teint, son front bas et cette ravissante petite ondulation dans ses cheveux noirs la font ressembler à une sorte de *contadina*[1].

– Oui, et elle persiste à y planter des épingles et des dagues pour accentuer cet effet. Je dois dire que je préfère son mari : il est si intelligent.

– Eh bien, quand je l'ai connue, aucune comparaison ne pouvait lui faire de tort. Elle était sans conteste la femme la plus délicieuse de Munich.

– De Munich ?

– C'est là que sa famille habitait ; ils n'étaient pas riches – en fait, ils cherchaient à faire des économies et la vie était très peu chère à Munich. Son père était le fils cadet d'une maison noble ; il s'était remarié et avait beaucoup de petites bouches à nourrir. Elle était la fille de la première épouse et n'aimait pas sa belle-mère, mais elle était charmante avec ses petits frères et sœurs. J'ai fait une fois une esquisse d'elle en Charlotte de Werther[2], en train de faire des tartines de beurre tandis qu'ils se pressaient tout autour d'elle. Tous les artistes de la ville étaient amoureux d'elle, mais elle refusait de s'intéresser aux gens "de

1. *Contadina* : en italien, « paysanne ».
2. Référence au roman de Goethe, *Les Souffrances du jeune Werther*.

notre sorte". Elle était trop orgueilleuse – je vous l'accorde ; mais elle n'était ni prétentieuse ni guindée ; elle se montrait simple, franche et bienveillante lorsqu'elle évoquait ces questions. Elle me rappelait l'Ethel Newcome de Thackeray[1]. Elle me disait qu'elle devait faire un beau mariage : c'était la seule chose qu'elle pouvait faire pour sa famille. Je suppose qu'on pourrait dire que c'est bien ce qu'elle a fait.

– Elle vous disait cela, à vous ? demanda la voisine de Lyon avec un sourire.

– Oh, bien sûr, je l'ai moi aussi demandée en mariage. Mais c'est ce qu'elle pense elle-même, c'est évident ! » ajouta-t-il.

Quand les dames quittèrent la table, le maître de maison pria comme d'habitude les convives masculins de se rapprocher, de sorte que Lyon se retrouva en face du colonel Capadose. La conversation portait surtout sur la chasse, car ç'avait été, semblait-il, une belle journée sur le terrain. La plupart des hommes évoquaient leurs aventures et échangeaient

1. Généreuse et volontaire, Ethel Newcome est le principal personnage d'un des derniers romans de William Makepeace Thackeray (1811-1863), *The Newcomes* (*Les Newcome*, 1853-1855), dans lequel l'acceptation ou le refus de mariages d'intérêt, souvent en liaison avec des pressions familiales, joue un rôle central.

leurs opinions, mais la voix agréable du colonel Capadose était la plus audible du chœur. C'était une voix vive et fraîche et cependant masculine, exactement celle, songea Lyon, qui convenait à un « bel homme » comme lui. Il semblait, d'après ses remarques, qu'il était très bon cavalier, ce qui confirmait aussi tout à fait ce que Lyon attendait de lui. Non pas qu'il se vantât, car ses allusions étaient présentées avec beaucoup de discrétion et de désinvolture ; mais elles concernaient toutes des tentatives fort dangereuses et des catastrophes évitées de justesse. Lyon remarqua bientôt que l'attention que la compagnie accordait aux remarques du colonel n'était pas directement proportionnée à l'intérêt qu'elles semblaient présenter ; le résultat fut que l'orateur, remarquant que Lyon, du moins, l'écoutait, commença à le traiter comme son auditeur particulier et à fixer les yeux sur lui quand il parlait. Lyon n'avait d'autre alternative que de prendre un air compréhensif et d'acquiescer – le colonel Capadose semblait considérer ces manifestations d'approbation et de sympathie comme un dû. Un châtelain des environs avait eu un accident ; il avait fait une chute dans un endroit difficile – juste à la fin de la chasse – avec des conséquences qui semblaient sérieuses. Il s'était cogné la tête ; aux dernières nouvelles, il était sans connaissance : il y avait eu de toute évidence commotion cérébrale. Il s'ensuivit un échange d'opinions concernant sa guérison – combien de temps celle-ci prendrait et si elle se produirait ; ce qui amena le colonel à confier à notre artiste à travers la table que, pour sa part, il ne désespérerait d'aucun gaillard, même s'il ne revenait pas à lui pendant des semaines – voire des semaines et des semaines et des semaines – des mois, presque des années. Il se pencha vers Lyon ; Lyon se pencha vers lui pour l'écouter, et le colonel Capadose mentionna qu'il savait par expérience personnelle qu'il n'y avait, à vrai dire, aucune limite à la durée pendant laquelle on pouvait rester inconscient sans s'en trouver plus mal pour autant. Cela lui était arrivé en Irlande, des années auparavant ; il était tombé d'un *dog-cart*[1], avait fait un vrai saut périlleux et avait atterri sur la tête. On l'avait cru mort, mais il ne l'était pas ; on l'avait d'abord transporté dans la chaumière la plus proche, où il avait passé plusieurs jours au milieu des cochons, puis

1. Le « *dog-cart* » (littéralement « charrette à chiens ») désigne une voiture à deux roues hautes, dont la caisse est aménagée pour loger des chiens de chasse sous le siège.

dans une auberge de la ville voisine – il s'en était fallu de peu qu'ils ne le mettent en terre. Il était resté tout à fait insensible – sans pouvoir même reconnaître qui que ce fût – pendant trois mois entiers ; il n'avait pas la moindre conscience de quoi que ce fût. Il était si faible qu'on ne pouvait l'approcher ni le nourrir, à peine le regarder. Et puis un jour, il avait ouvert les yeux – frais comme un gardon !

« Je vous fiche mon billet que cela m'avait fait du bien – cela m'avait reposé le cerveau. » Il semblait suggérer que pour une intelligence aussi active que la sienne, de telles périodes de repos étaient providentielles. Lyon trouva son histoire très frappante, mais il avait envie de lui demander s'il n'avait pas fait un peu semblant – non pas en racontant son histoire, mais en se tenant si tranquille. Il hésita cependant, pour finir, à impliquer qu'il doutait du colonel – tant il avait été impressionné par le ton sur lequel celui-ci avait dit qu'il s'en était fallu d'un cheveu qu'on ne l'enterrât vivant. C'était arrivé à un de ses amis en Inde – un gaillard qui était censé être mort de la fièvre de la jungle –, ils l'avaient flanqué dans un cercueil. Le colonel s'apprêtait à relater la suite du destin de ce malheureux gentleman lorsque Mr. Ashmore fit un geste, de sorte que tout le monde se leva pour gagner le salon. Lyon remarqua qu'à ce moment-là plus personne ne faisait attention à ce que lui disait son nouvel ami. Ils contournèrent chacun un côté de la table et se rejoignirent tandis que les autres convives lambinaient avant de quitter la pièce.

« Et vous disiez que votre ami fut littéralement enterré vif ? » demanda Lyon, avec une curiosité marquée.

Le colonel Capadose le considéra un instant, comme s'il avait déjà perdu le fil de la conversation. Puis son visage s'éclaira – et lorsqu'il s'éclairait, il était doublement séduisant. « Je vous donne ma parole qu'ils le balancèrent dans la fosse !

– Et on l'y a laissé ?

– Il y resta jusqu'à ce que j'aille le tirer de là.

– Jusqu'à ce que *vous* y alliez ?

– J'avais rêvé de lui – c'est une histoire tout à fait étonnante : je l'avais entendu qui m'appelait, dans la nuit. Je me suis décidé à l'exhumer. Vous savez qu'il y a des gens en Inde – une sorte de race hideuse, les goules – qui violent les sépultures. J'avais comme un pressentiment qu'elles arriveraient avant moi. J'ai galopé sec, vous pouvez me croire ; et grand Dieu, une ou deux d'entre elles avaient déjà commencé à creuser la terre ! Pan, pan, deux coups de feu et les voilà qui prennent leurs jambes à leur cou, comme vous pouvez l'imaginer. Croirez-vous que je l'ai tiré de là moi-même ? L'air l'a ramené à lui et il ne se trouvait pas plus mal qu'avant. Il a touché sa pension – il est rentré en Angleterre récemment ; il ferait n'importe quoi pour moi.

– Il vous a appelé dans la nuit ? demanda Lyon, ébahi.

– C'est là le point intéressant. Car enfin, qu'est-ce que cela pouvait bien être ? Ce n'était pas son fantôme, puisqu'il n'était pas mort. Ce n'était pas lui, puisqu'il ne pouvait pas. C'était Dieu sait quoi ! Vous savez, l'Inde est un pays étrange – il y flotte une atmosphère mystérieuse : l'air est plein de choses inexplicables. »

Ils quittèrent la salle à manger, et le colonel Capadose, qui était parmi les premiers à sortir, se trouva séparé de Lyon ; mais quelques instants plus tard, avant d'entrer au salon, il rattrapa l'artiste. « Ashmore vient de m'apprendre qui vous êtes. Bien sûr, j'ai souvent entendu parler de vous – je suis très heureux de faire votre connaissance ; ma femme était de vos amies, autrefois.

– Je suis ravi qu'elle se souvienne de moi. Je l'ai reconnue pendant le dîner et je craignais qu'elle ne m'ait oublié.

– Ah, sans doute avait-elle honte, dit le colonel avec un sourire indulgent.

– Honte de moi ? répondit Lyon sur le même ton.

– N'y avait-il pas une histoire de tableau ? Mais oui ; vous avez fait son portrait.

– Très souvent, répondit l'artiste ; et peut-être en effet a-t-elle honte de ce que j'ai fait d'elle.

– Eh bien, moi pas, mon cher ; c'est à la vue de ce tableau, dont vous aviez eu la bonté de lui faire cadeau, que je suis d'abord tombé amoureux d'elle.

– Vous voulez parler de celui d'elle avec les enfants – où elle fait des tartines ?

– Des tartines ? Grand Dieu, non – des pampres et une peau de léopard – un genre de bacchante.

– Ah, oui, reprit Lyon ; je me souviens. C'est le premier portrait acceptable que j'ai peint. Je serais curieux de le voir aujourd'hui.

– Ne lui demandez pas de vous le montrer – elle en serait mortifiée ! s'exclama le colonel.

– Mortifiée ?

– Nous nous en sommes séparés – de la façon la plus désintéressée, répondit-il en riant. Un vieil ami de ma femme – un intime de sa famille lorsqu'ils habitaient en Allemagne – s'en était entiché de la manière la plus extraordinaire : le grand-duc de Silberstadt-Schreckenstein, vous le connaissez ? Il est venu nous voir à Bombay, et il a remarqué votre tableau (vous savez que le grand-duc est l'un des plus grands collectionneurs d'Europe) et il lui a tant fait les yeux doux que, ma parole d'honneur – il se trouve que c'était son anniversaire –, ma femme lui a dit, pour se débarrasser de lui, qu'il pouvait le prendre. Il a été tout à fait enchanté, mais quant à nous, le tableau nous manque.

– C'est très aimable à vous, reprit Lyon. Si mon tableau – cette œuvre de ma jeunesse incompétente – se trouve dans une grande collection, c'est pour moi un honneur immense.

– Oh, il l'a mis dans un de ses châteaux ; ne me demandez pas lequel – il en a tellement ! Il nous a envoyé, avant de quitter l'Inde (pour nous retourner le compliment), un magnifique vase ancien.

– C'était plus que la valeur du tableau », remarqua Lyon.

Le colonel Capadose ne prêta aucune attention à cette réflexion ; il semblait avoir l'esprit ailleurs. Après un instant, il poursuivit : « Si vous venez nous rendre visite en ville, elle vous montrera le vase. » Une fois qu'ils furent entrés au salon, il donna une bourrade amicale à l'artiste. « Allez donc lui parler ; la voici – elle sera enchantée. »

Oliver Lyon ne s'avança que de quelques pas dans le vaste salon ; il resta là, un instant, à contempler la composition éblouissante que formaient, à la lueur des lampes, un groupe de jolies femmes et plusieurs figures solitaires sur le fond du somptueux cadre blanc et or et des antiques panneaux damassés qui enchâssaient chacun un tableau célèbre. La scène brillait d'un éclat diffus, nourri par le scintillement des traînes étalées sur le tapis. Tout au fond de la pièce, Mrs. Capadose était assise, assez isolée ; elle se trouvait sur un petit sofa, avec une place vide à ses côtés. Lyon ne pouvait se flatter qu'elle l'eût réservée pour lui ; son impassibilité lorsqu'il l'avait reconnue à table démentait cet espoir, mais il ressentait un désir extrême d'aller l'occuper. Il avait en outre la permission du mari ; il traversa donc la pièce, prenant garde à ne pas marcher sur les traînes, et vint se planter devant son ancienne amie.

« J'espère que vous n'avez pas l'intention de me renier », dit-il.

Elle leva les yeux vers lui avec une expression de joie sans mélange. « Quel bonheur de vous voir. J'ai été enchantée d'apprendre que vous veniez.

– J'ai essayé d'obtenir un sourire de vous au dîner – mais en vain.

– Je n'ai pas remarqué – je n'ai pas compris. D'ailleurs, je déteste les simagrées et les signes télégraphiques. Et puis je suis très timide – vous vous en souvenez sans doute. Maintenant nous pouvons communiquer à notre aise. » Et elle lui fit plus de place sur le petit sofa. Lyon s'assit, et ils eurent une conversation qu'il trouva agréable, tandis que la raison pour laquelle il l'avait autrefois aimée lui revenait, accompagnée d'une bonne mesure de cette affection ancienne. Elle était toujours la beauté la moins capricieuse qu'il eût jamais vue, si dépourvue de coquetterie ou de toute affectation insinuante qu'elle semblait presque privée de ses facultés ; par moments, elle faisait à Lyon l'effet d'une splendide pensionnaire dans un asile – une sourde-muette étonnante ou bien une de ces aveugles capables de manipuler les objets sans les voir. Sa noble tête païenne lui valait des privilèges qu'elle négligeait, et tandis que l'on admirait son front, elle se demandait s'il y aurait un bon feu dans sa chambre. Elle était simple, aimable et bonne ; elle manquait d'expression mais n'était ni insensible ni stupide. De temps à autre, elle lançait une remarque qui avait quelque chose de choisi, de sélectionné – qui faisait l'effet d'une impression vécue. Elle était dénuée d'imagination, mais elle avait thésaurisé les sentiments et certaines des réflexions que la vie lui avait inspirées. Lyon évoqua les jours anciens de Munich, lui rappela des incidents, des plaisirs et des peines, demanda des nouvelles de son père et des autres membres de sa famille ; et en échange, elle apprit à l'artiste qu'elle était très impressionnée par sa célébrité, par la position brillante qu'il occupait dans le monde, de sorte qu'elle n'avait pas été tout à fait sûre qu'il lui adresserait la parole ou que le petit signe de Lyon, à table, lui était destiné. De toute évidence, ce discours témoignait d'une entière sincérité – Everina était incapable d'autre chose – et il fut touché d'une pareille humilité chez une femme d'une noblesse aussi incomparable. Elle avait perdu son père ; un de ses frères était officier de marine, et un autre avait un ranch en Amérique ; deux de ses sœurs s'étaient mariées et la plus jeune, qui était très jolie, venait de faire son entrée dans le monde. Elle ne parla pas de sa belle-mère. Elle interrogea le peintre sur son histoire personnelle et il lui répondit que le principal événement de sa vie était de ne jamais s'être marié.

« Oh, mais vous devriez, lui dit-elle. C'est ce qu'il y a de mieux.

– Vous me dites cela – vous ! répliqua-t-il.

– Et pourquoi pas ? Je suis très heureuse.

– C'est bien pourquoi moi, je ne saurais l'être. Vous êtes cruelle de me vanter les mérites de votre état. Mais j'ai eu le plaisir de faire la connaissance de votre mari. Nous avons bien causé tout à l'heure.

– Il faut que vous le connaissiez beaucoup mieux – il faut que vous le connaissiez vraiment bien, répondit Mrs. Capadose.

– Je suis sûr que plus on avance et plus on en apprend sur lui. Mais il fait déjà belle figure. »

Elle posa ses bons yeux gris sur Lyon. « Vous ne trouvez pas qu'il est beau ?

– Beau, intelligent et amusant. Vous voyez que je suis généreux.

– Oui ; vous devriez mieux le connaître, répéta Mrs. Capadose.

– Il a beaucoup vécu, remarqua son compagnon.

– Oui, nous avons visité beaucoup de pays. Il faudra que je vous montre ma petite fille. Elle a neuf ans – elle est si jolie.

– Vous devriez me l'amener à l'atelier un de ces jours – j'aimerais faire son portrait.

– Ah, ne parlez pas de cela, répondit Mrs. Capadose. Cela me rappelle quelque chose de désolant.

– J'espère que vous ne voulez pas parler de l'époque où c'était vous qui posiez pour moi – mais peut-être que vous, cela vous ennuyait.

– Il ne s'agit pas de ce que vous avez fait – plutôt de ce que nous avons fait, nous. J'ai quelque chose à vous avouer – cela me pèse tant ! Je veux parler de ce magnifique tableau dont vous m'aviez fait cadeau – tout le monde l'admirait tant. Quand vous viendrez me voir à Londres (j'espère que ce sera très bientôt), je vous verrai le chercher partout des yeux. Je ne peux pas vous dire que je le garde dans ma chambre parce que j'y suis tellement attachée, pour la simple raison… » Et elle garda un instant le silence.

« Parce que vous ne pouvez pas raconter de vilains mensonges, dit Lyon.

– Non, je ne peux pas. Aussi, avant que vous ne me le demandiez…

– Oh, je sais que vous vous en êtes séparée – le coup est déjà tombé, interrompit Lyon.

– Ah bon, vous l'avez appris ? J'en étais sûre ! Mais savez-vous ce qu'on nous a donné en échange ? Deux cents livres.

– Vous auriez pu gagner bien davantage, dit Lyon en souriant.

– Cela paraissait énorme à l'époque. Nous avions besoin d'argent – c'était il y a assez longtemps, quand nous étions jeunes mariés. Nos moyens étaient très limités alors, mais heureusement, la situation s'est plutôt arrangée. L'occasion s'est présentée ; cela nous semblait vraiment une grosse somme, et nous avons sauté dessus, je le crains. Mon mari avait des espérances, qui se sont en partie réalisées, de sorte que maintenant nous sommes plutôt à l'aise. Mais en attendant, nous avons perdu le tableau.

– Heureusement que l'original demeure. Mais voulez-vous dire que les deux cents livres représentaient la valeur du vase ? demanda Lyon.

– Du vase ?

– De ce magnifique vieux vase indien – l'offrande du grand-duc.

– Du grand-duc ?

– Comment s'appelle-t-il déjà ? – Silberstadt-Schreckenstein. Votre mari m'a parlé de cette transaction.

– Oh, mon mari », dit Mrs. Capadose ; et Lyon remarqua qu'elle avait un peu rougi.

Pour ne pas ajouter à la gêne de son amie, mais pour éclaircir l'ambiguïté (dont il se dit l'instant d'après qu'il aurait mieux fait de ne pas la relever), il poursuivit : « Il m'a dit que le tableau se trouvait maintenant dans sa collection.

– Celle du grand-duc ? Ah, vous connaissez sa réputation ? Je crois qu'elle contient des trésors. » Elle était désemparée ; mais elle se reprit, et Lyon se fit la réflexion que pour une raison qui lui semblerait bonne quand il la connaîtrait, les deux époux avaient préparé des versions différentes du même incident. Il était vrai qu'il avait peine à imaginer Everina Brant en train de préparer une version des faits ; ce n'était pas son genre autrefois, et d'ailleurs ce n'était pas ce qu'il lisait dans ses yeux aujourd'hui. En tout cas, cette question pesait trop sur la conscience des deux époux. Il changea de sujet, et affirma que Mrs. Capadose devait vraiment lui amener sa petite fille. Il resta assis avec elle quelque temps encore et songea – peut-être n'était-ce qu'un effet de son imagination – qu'elle avait l'air absente, comme si elle était fâchée qu'ils se fussent mal compris même un instant. Cela ne l'empêcha pas de lui dire, à la fin de la soirée, quand les dames commencèrent à se rassembler pour aller se coucher : « Vous semblez très impressionnée, à ce que vous dites, par mon renom et ma prospérité, et vous êtes assez bonne pour les exagérer beaucoup. M'auriez-vous épousé si vous aviez su que j'étais destiné à réussir ?

– Mais je le savais.

– Eh bien, pas moi.

– Vous étiez trop modeste.

– Vous n'étiez pas de cet avis quand je vous ai proposé le mariage.

– Ah, mais si je vous avais épousé, je n'aurais pas pu l'épouser, lui – et il est si gentil », ajouta Mrs. Capadose. Lyon savait qu'elle le pensait – il l'avait découvert pendant le dîner – mais il fut assez piqué de le lui entendre dire. Le gentleman désigné par ce pronom s'avança, tandis que tous les invités échangeaient des poignées de main en se souhaitant une bonne nuit, et Mrs. Capadose, se tournant vers son mari, lui dit : « Il voudrait peindre Amy.

– Ah, c'est une enfant charmante, une petite créature très intéressante, dit le colonel à Lyon. Elle fait les choses les plus remarquables. »

Mrs. Capadose s'arrêta parmi les invitées qui quittaient la pièce en file indienne derrière la maîtresse de maison dans un bruissement de robes. « Ne lui dites rien, je vous en prie, fit-elle.

– Qu'est-ce qu'il ne faut pas lui dire ?

– Eh bien, ce qu'elle fait. Laissez-le le découvrir lui-même. » Et elle sortit.

« Elle pense que j'exagère à propos de l'enfant – que je rase les gens, dit le colonel. J'espère que vous fumez. » Il reparut dix minutes plus tard au fumoir, vêtu d'une tenue éblouissante, en foulard écarlate couvert de petits pois blancs. Ce spectacle réjouit l'œil de Lyon, qui songea que l'époque moderne avait elle aussi sa splendeur et ne manquait pas d'occasions de se vêtir avec éclat. Si sa femme évoquait l'Antiquité, Capadose était un magnifique exemple de la période des coloristes : il aurait pu passer pour un Vénitien du XVIe siècle. Ils formaient un couple remarquable, pensa Lyon, et en considérant le colonel qui, debout bien droit et resplendissant devant la cheminée, soufflait de grosses bouffées de fumée, l'artiste ne voyait rien d'étonnant à ce qu'Everina ne regrettât pas de ne pas l'avoir épousé, lui. Tous les invités de Stayes n'étaient pas fumeurs et certains étaient partis se coucher. Le colonel Capadose observa qu'il n'y aurait probablement qu'une petite troupe de chasseurs le lendemain, tant la journée avait été dure. C'était ce qu'il y avait de pire dans une maison où l'on chassait – les hommes somnolaient après le dîner ; c'était diablement stupide pour les dames, même pour celles qui chassaient elles-mêmes – car les femmes étaient extraordinaires : elles ne montraient jamais le moindre signe de fatigue. Mais la plupart des hommes reprenaient des forces grâce aux influences stimulantes du fumoir, et certains, forts de cette conviction, allaient les rejoindre. Certaines des raisons de leur conviction – mais pas toutes – se trouvaient peut-être représentées par un groupe de verres et de bouteilles posés sur une table, non loin du feu qui faisait étinceler le grand plateau d'argent et son contenu d'une façon fort sociable. Les autres raisons étaient encore tapies dans les recoins scabreux de l'esprit des invités les plus bavards. Lyon resta en tête à tête avec le colonel Capadose pendant quelques instants avant que leurs compagnons, vêtus de tenues uniformément excentriques, ne vinssent les rejoindre à la traîne, et il comprit que cet homme étonnant n'avait guère de pertes vitales à réparer.

Ils parlèrent du manoir, car Lyon avait remarqué une anomalie de construction dans le fumoir ; le colonel expliqua alors que la demeure était composée de deux parties distinctes, dont l'une était d'une ancienneté considérable. Il s'agissait en bref de deux maisons complètes, une ancienne et une nouvelle, dont chacune était très vaste et très belle à sa manière. Leur union formait une structure énorme – il fallait absolument que Lyon fît le tour du propriétaire. La partie moderne avait été édifiée par le vieil Ashmore quand il avait acheté la propriété ; oui, il l'avait achetée, il y avait quarante ans de cela – elle n'était pas dans la famille : d'ailleurs, il n'existait pas de famille particulière où elle aurait pu se trouver. Il avait eu le bon goût de ne pas abîmer la maison des origines – il n'y avait pas touché, à part ce qui était nécessaire pour unir les deux bâtiments. C'était vraiment très curieux – une bâtisse d'une extrême irrégularité, pleine de corridors tortueux, mystérieuse, où l'on découvrait de temps à autre une chambre murée ou un escalier dérobé. D'après le colonel, toutefois, le manoir demeurait fondamentalement lugubre ; même les additions modernes, bien que splendides, n'avaient pas réussi à l'égayer. On racontait qu'un squelette avait été découvert des années auparavant, au cours de réparations, sous le dallage de pierre d'un des couloirs ; mais la famille n'aimait guère qu'on en parle. L'endroit où ils se trouvaient était évidemment la partie ancienne, qui contenait après tout certaines des plus belles pièces : Capadose avait l'idée que ce salon était à l'origine la cuisine, en partie modernisée à une époque intermédiaire.

« Ma chambre est donc aussi dans la partie ancienne – j'en suis ravi, dit Lyon. Elle est très agréable et comporte tout le confort moderne, mais j'ai remarqué la profondeur du renfoncement de la porte et l'antiquité évidente du corridor et de l'escalier (la première petite volée de marches) quand je suis sorti. Le couloir lambrissé est admirable ; on dirait qu'il étire ses ténèbres brunes (sur lesquelles les lampes n'ont pas semblé faire d'impression) pendant des lieues.

– Oh, n'allez pas jusqu'au bout ! s'exclama le colonel en souriant.

– Est-ce qu'il mène à la chambre hantée ? » demanda Lyon.

Son compagnon le dévisagea un moment. « Ah, vous savez cela ?

– Non, je ne sais pas ; j'espère seulement. Je n'ai jamais eu de chance – je n'ai jamais dormi dans une maison dangereuse. Les endroits où je vais sont toujours aussi sûrs que Charing Cross. Je veux voir – voir ce qu'il y a à voir, quel qu'il soit. Est-ce qu'il y a vraiment un fantôme ici ?

– Bien sûr qu'il y en a un – et il est même sacrément bien.

– Et l'avez-vous vu ?

– Oh, ne me demandez pas tout ce que j'ai vu – cela dépasserait votre crédulité. Je préfère ne pas en parler. Mais il y a deux ou trois pièces tout aussi terribles – je veux dire tout aussi bien ! – que ce que vous pourrez trouver ailleurs.

– Vous voulez dire dans mon couloir ? demanda Lyon.

– Je crois que la pire est tout au bout. Mais vous seriez mal avisé d'y dormir.

– Mal avisé ?

– Avant d'avoir fini votre travail. Vous recevrez des lettres urgentes le lendemain matin et vous attraperez le train de 10 h 20.

– Vous voulez dire que je trouverai un prétexte pour filer ?

– Sauf si vous êtes plus courageux que presque tous ceux qui y sont passés. On n'y installe pas souvent les invités, mais il arrive que la maison soit si pleine que la famille y est obligée. L'effet est toujours le même – un invité qui cache mal son agitation au petit déjeuner et reçoit des lettres tout à fait urgentes. Bien sûr, c'est une chambre pour célibataires, et ma femme et moi nous trouvons à l'autre bout de la maison. Mais nous avons vu la comédie il y a trois jours – le lendemain de notre arrivée. On avait mis là-bas un jeune homme – je ne me souviens plus de son nom – parce que la maison était bondée ; et la conséquence habituelle a suivi. Des lettres au petit déjeuner – une drôle de tête – un appel urgent à rentrer en ville – il était vraiment désolé d'écourter sa visite. Ashmore et sa femme ont échangé un regard, et le pauvre diable a filé.

– Ah, cela ne me conviendrait guère ; je dois faire ce portrait, dit Lyon. Mais est-ce que cela les ennuie que vous en parliez ? Quelquefois, les gens qui ont un bon fantôme en sont très fiers, vous savez. »

Notre héros ne devait jamais découvrir ce que le colonel Capadose s'apprêtait à répondre à cette question, car à ce moment-là, leur hôte fit son entrée dans la pièce, accompagné de trois ou quatre autres invités. Lyon comprit qu'il avait reçu une réponse partielle en voyant que le colonel ne poursuivait pas sur ce point. Cependant, cette interruption sembla naturelle, car un des invités avait demandé son avis au colonel sur un détail qui les divisait, en rapport avec l'éternelle histoire de la journée de chasse. Ce fut à Lyon lui-même que Mr. Ashmore s'adressa pour lui dire qu'il regrettait d'avoir si peu parlé avec lui jusqu'alors. Le sujet de conversation qui se présentait était naturellement celui qui se trouvait le plus étroitement associé au motif de la visite de l'artiste. Lyon fit observer que c'était un inconvénient considérable de ne pas avoir rencontré Sir David avant de commencer – dans la plupart des cas, cela lui semblait d'une importance capitale. Mais le modèle en question était si avancé dans la vie qu'il n'avait sans doute pas de temps à perdre. « Oh, je peux tout vous dire de lui », dit Mr. Ashmore ; et pendant une demi-heure il apprit bien des choses à l'artiste. Il fit un portrait aussi intéressant que flatteur, et Lyon devina que Sir David devait être un vieil homme très gentil pour avoir su inspirer autant d'affection à un fils qui, de toute évidence, n'était guère enclin aux effusions sentimentales. Lyon finit par se lever – il annonça qu'il devait aller se coucher s'il voulait être frais et dispos pour se mettre au travail le lendemain matin. Sur quoi son hôte répondit : « Alors, vous devez prendre votre bougie ; les lumières sont éteintes ; je ne demande pas aux domestiques de nous attendre. »

Un instant plus tard, Lyon avait à la main une chandelle qui brillait faiblement, et en quittant la pièce (il ne dérangea pas les autres pour leur souhaiter bonne nuit, ils étaient trop occupés avec le presse-citron et le bouchon de l'eau de Selz), il se rappela d'autres occasions où il était parti se coucher seul, à travers un manoir plongé dans les ténèbres ; ces cas n'étaient pas rares, car Lyon était presque toujours le premier à quitter le fumoir. S'il n'avait pas séjourné dans des demeures visiblement hantées, il lui était néanmoins arrivé (compte tenu de son tempérament d'artiste) d'avoir la « chair de poule » en traversant les vastes ténèbres des halls et des escaliers : son imagination avait souvent trouvé quelque chose de sinistre dans le bruit de ses pas au long des couloirs ou dans les apparitions fugitives de la lune d'hiver à travers les fenêtres oblongues des paliers. Il lui vint à l'esprit que si les demeures dépourvues de prétentions surnaturelles pouvaient avoir l'air aussi malveillant pendant la nuit, les antiques corridors de Stayes ne pourraient manquer de lui procurer quelques sensations. Il ignorait si les propriétaires étaient sensibles sur ce point ; très souvent, comme il l'avait dit au colonel Capadose, les gens étaient attachés à pareils inconvénients. Ce qui le décida à parler, en ayant bien conscience du risque qu'il prenait, fut le sentiment que le colonel racontait d'étranges histoires. Au moment où il posait la main sur la poignée de porte, Lyon dit à Arthur Ashmore : « J'espère que je ne vais pas rencontrer de fantômes.

– Des fantômes ?

– Vous devez bien en avoir quelques-uns – dans cette belle partie ancienne.

– Nous faisons de notre mieux, mais *que voulez-vous* * ? répondit Mr. Ashmore. Je crois qu'ils n'aiment pas les conduites d'eau chaude.

– Parce qu'elles leur rappellent trop leur climat d'origine ? Mais n'avez-vous pas une chambre hantée – au bout de mon couloir ?

– Oh, il y a des bruits qui courent – nous faisons de notre mieux pour les entretenir.

– J'aimerais beaucoup y passer la nuit, dit Lyon.

– Eh bien, nous pouvons vous y installer dès demain, si vous le souhaitez.

– Je ferais peut-être mieux d'attendre la fin de mon travail.

– Très bien ; mais vous ne travaillerez pas dans votre chambre, vous savez. Mon père posera pour vous dans ses propres appartements.

– Oh, il ne s'agit pas de cela ; j'aurais peur de m'enfuir, comme ce jeune homme il y a trois jours.

– Il y a trois jours ? Quel jeune homme ? demanda Mr. Ashmore.

– Celui qui a reçu des lettres urgentes au petit déjeuner et qui a filé par le train de 10 h 20. A-t-il tenu plus d'une nuit ?

– Je ne vois pas de quoi vous voulez parler. Nous n'avons eu personne de ce genre – il y a trois jours.

– Eh bien, tant mieux », conclut Lyon, qui salua son hôte d'un signe de tête et prit congé de lui. Il suivit le chemin qu'il croyait se rappeler, à la lueur vacillante de sa chandelle, et, malgré tous les objets sinistres qu'il rencontra, rejoignit sain et sauf le couloir qui menait à sa chambre. Dans l'obscurité totale, le couloir semblait s'étirer à l'infini, mais Lyon, par simple curiosité, le suivit jusqu'au bout. Il passa devant plusieurs portes sur lesquelles étaient peint le nom de la chambre, mais il ne trouva rien d'autre. Il fut tenté d'ouvrir la dernière porte – de jeter un coup d'œil dans la chambre à la réputation infernale ; mais il se dit que ce serait indiscret, puisque le colonel Capadose maniait le pinceau – comme *raconteur** – avec autant de liberté. Peut-être y avait-il un fantôme, et peut-être pas ; mais le personnage le plus mystérieux de la maison, à ce que Lyon était tenté de croire, était le colonel lui-même.

II

Lyon trouva en Sir David Ashmore un sujet de premier ordre ainsi qu'un modèle très accommodant. C'était aussi un vieillard très aimable, extraordinairement ridé, mais dont l'esprit était loin d'être obscurci ; et il portait exactement la robe de chambre fourrée que Lyon aurait choisie pour lui. Il était fier de son grand âge mais honteux de ses infirmités, qu'il exagérait cependant beaucoup, et qui ne l'empêchaient pas de rester là à poser, avec autant de soumission que si l'art du portrait avait été une spécialité chirurgicale. Il démolit la légende selon laquelle il avait craint que l'opération ne lui fût fatale, et donna à notre ami une explication beaucoup plus séduisante. Il était d'avis qu'un homme ne devait se faire représenter qu'une seule fois dans sa vie – il y avait quelque chose de sot et d'empressé à vouloir s'exposer sur tous les murs. C'était bon pour les femmes, qui faisaient une jolie décoration murale ; mais le visage masculin ne se prêtait pas à la répétition ornementale. Le moment voulu pour le portrait était la fin, quand l'homme se trouvait tout entier présent – on saisissait alors la totalité de son expérience. Lyon ne put lui répondre que l'âge ne constituait pas vraiment la somme d'un être – tant il fallait faire la part de la déperdition ; car la cristallisation de Sir David était en effet sans fissure. Le vieil homme parlait de son portrait comme s'il ne s'agissait que de la carte d'un pays, que ses enfants pourraient consulter en cas d'incertitude. La cartographie ne pouvait être exacte qu'une fois que le pays avait été bien exploré. Sir David consacrait ses matinées à Lyon jusqu'à l'heure du déjeuner et ils abordaient de nombreux sujets, sans négliger, pour pimenter la conversation, les invités qui séjournaient au manoir. Maintenant qu'il ne « sortait » plus, comme il disait, le vieillard avait beaucoup moins d'occasions de voir les visiteurs de Stayes : des gens arrivaient et repartaient dont il ne savait rien, et il aimait entendre Lyon les lui décrire. L'artiste traçait ces portraits d'une pointe acérée sans tomber dans la caricature, et il arrivait souvent que Sir David, s'il ne connaissait pas les fils ou les filles, avait connu leurs mères et leurs pères. C'était un de ces vieillards impressionnants qui sont de véritables dépôts d'archives. Mais dans le cas de la famille Capadose, à laquelle ils parvinrent par une étape facile, sa connaissance embrassait deux, voire trois générations. Le général Capadose était un vieux camarade, et il se souvenait de son père avant lui. Le général était un officier d'assez haute tenue, mais dont la vie privée avait pâti d'un tempérament trop spéculatif – il passait son temps à filer à la Cité pour investir dans des affaires calamiteuses. Il avait épousé une jeune fille qui lui avait apporté un peu de fortune et ils avaient eu une demi-douzaine d'enfants. Sir David ne savait guère ce qu'il était advenu des autres, sauf que l'un d'entre eux était clergyman et avait su se distinguer – n'était-il pas doyen de Rockingham ? Clement, le garçon qui se trouvait à Stayes, avait réussi dans l'armée ; il avait servi en Orient, et avait épousé une jolie fille. Il avait été élève à Eton[1] avec le fils de Sir David, et était souvent venu passer des vacances à Stayes. Récemment, après son retour en Angleterre, Capadose était revenu les voir en compagnie de sa femme ; c'était avant que lui, Sir David, ne se soit mis au vert. Capadose était un gaillard charmant, mais il avait un défaut monstrueux.

« Un défaut monstrueux ? demanda Lyon.

– C'est un fieffé menteur. »

Le pinceau de Lyon s'arrêta net, tandis qu'il répétait, frappé par cette formule : « Un fieffé menteur ?

– Vous avez beaucoup de chance de ne pas vous en être aperçu.

– Eh bien, j'avoue avoir remarqué un goût pour le romanesque…

– Oh, ce n'est pas toujours romanesque. Il ment sur l'heure qu'il est, sur le nom de son chapelier. Il paraît qu'il y a des gens comme ça.

1. Eton, fondée par Henry VI en 1440, est la plus célèbre des *public schools* anglaises, prestigieuses écoles privées dont la fréquentation cimentait les solidarités de la bonne société.

– Eh bien, ce sont de belles canailles », déclara Lyon, dont la voix tremblait un peu à l'idée de la situation où s'était mise Everina.

« Oh, pas toujours, dit le vieil homme. Ce garçon n'a rien d'une canaille. Il est sans malice et sans mauvaise intention ; il ne vole pas, ne triche pas, n'est ni joueur ni ivrogne ; il est très gentil – il tient à sa femme, il aime ses enfants. Il est seulement incapable de vous donner une réponse franche.

– Alors tout ce qu'il m'a raconté hier soir, je suppose, n'était que mensonges : il a lancé une série de déclarations des plus raides. J'ai eu du mal à les avaler, mais je n'aurais jamais cru que l'explication fût aussi simple.

– Il était sans doute en verve, poursuivit Sir David. C'est une bizarrerie naturelle – comme de boiter, de bégayer ou d'être gaucher. Je crois que cela le prend par crises, comme une fièvre intermittente. Mon fils m'affirme que ses amis sont le plus souvent compréhensifs et ne lui demandent pas de comptes – par égard pour sa femme.

– Oh, sa femme – sa femme ! murmura Lyon, qui peignait à traits rapides.

– J'imagine qu'elle y est habituée.

– Pas le moins du monde, Sir David. Comment s'y serait-elle habituée ?

– Mais mon cher ami, quand une femme est amoureuse ! – Et est-ce qu'elles n'ont pas, pour la plupart, elles aussi, tendance à affabuler ? Ce sont des spécialistes – elles ont de la sympathie pour les autres artistes en la matière. »

Lyon garda un instant le silence ; il n'avait aucune raison de nier que Mrs. Capadose était attachée à son mari. Mais après un instant, il reprit : « Ah, pas celle-là ! Je l'ai connue il y a des années – avant son mariage ; je l'ai bien connue et je l'admirais. Elle était limpide comme une source.

– Je l'aime beaucoup, dit Sir David, mais je l'ai vue appuyer son mari. »

Lyon considéra un instant Sir David, mais pas de son œil de peintre. « En êtes-vous vraiment certain ? »

Le vieil homme hésita ; puis il répondit, avec un sourire : « Vous êtes amoureux d'elle.

– C'est fort probable. Dieu sait que je l'ai été !

– Elle est bien obligée de l'aider – elle ne peux pas révéler qu'il ment.

– Elle pourrait tenir sa langue, remarqua Lyon.

– Eh bien, devant vous, c'est probablement ce qu'elle fera.

– Je suis curieux de voir cela. » Et Lyon ajouta, à part lui : « Seigneur, que n'a-t-il pas fait d'elle ! » Il garda cette réflexion pour lui, car il lui semblait qu'il avait suffisamment trahi son état d'esprit en ce qui concernait Mrs. Capadose. Néanmoins, il était maintenant très préoccupé par la question de savoir comment une femme de la trempe d'Everina se comporterait dans une situation pareille. Lyon l'observait avec un intérêt redoublé lorsqu'ils se trouvaient en compagnie des autres invités ; il avait eu ses propres malheurs dans la vie, mais il avait rarement été aussi agité qu'il l'était à présent par l'envie de découvrir ce que la loyauté conjugale et la contagion de l'exemple avaient pu faire d'un esprit tout à fait sincère. Oh, il considérait comme établi qu'Everina, quoi qu'il en fût de l'inclination des autres femmes, avait jadis été absolument incapable de la moindre défaillance en ce domaine. Même si elle n'avait pas été trop simple pour mentir, son orgueil l'en aurait empêchée ; et même si sa conscience ne l'avait pas retenue, elle n'en aurait guère eu le désir. C'était bien la dernière chose qu'elle aurait endurée ou excusée – le seul travers qu'elle n'aurait pas pardonné. Restait-elle assise à se tourmenter pendant que son mari accomplissait ses sauts périlleux, ou bien était-elle maintenant assez pervertie elle aussi pour croire qu'il était bien d'éblouir la galerie aux dépens de son honneur ? Ç'aurait été une alchimie étonnante – opérant à l'envers, en quelque sorte – que d'obtenir ce résultat. À part cette alternative (ou bien Everina souffrait le martyre en silence, ou bien elle était si amoureuse que la bizarrerie humiliante de son mari lui semblait une richesse supplémentaire – une preuve de force vitale et de talent), il restait la possibilité qu'elle n'eût rien découvert, qu'elle prît les mensonges de Capadose pour argent comptant. Un instant de réflexion rendit cette hypothèse insoutenable ; il était trop évident que la version des événements que donnait le colonel devait bien des fois avoir contredit ce qu'elle savait être vrai. Deux heures à peine après sa rencontre avec les époux Capadose, Lyon avait vu Everina confrontée à une invention tout à fait gratuite sur le profit qu'ils avaient tiré d'un des portraits de jeunesse de l'artiste. Et même alors, elle ne lui avait pas donné l'impression de souffrir, et… mais il ne pouvait pour l'instant que s'interroger sur cet état de choses.

Même si la question n'avait pas été mêlée, à cause de la tendresse que Lyon éprouvait toujours pour Mrs. Capadose, d'un élément de curiosité, l'artiste ne l'aurait pas moins considérée comme un problème très curieux, car il faisait des portraits depuis tant d'années qu'il n'avait pas manqué de devenir un peu psychologue. Son enquête se limiterait pour le moment aux occasions offertes par les trois jours suivants, car le colonel et sa femme devaient ensuite rendre visite à d'autres amis. L'enquête de Lyon se fixa aussi pour beaucoup, bien sûr, sur le colonel – ce gentleman représentait une si rare anomalie. En outre, il fallait progresser très vite. Lyon était trop scrupuleux pour demander à d'autres ce qu'ils pensaient de l'affaire – il craignait trop de mettre en difficulté la femme qu'il avait autrefois aimée. Il était probable aussi que certains éclaircissements lui viendraient au fil des conversations du reste des invités : l'étrange habitude du colonel, la manière dont elle affectait sa propre situation ainsi que celle de sa femme devaient former un thème familier dans toute demeure où il avait l'habitude de séjourner. Lyon n'avait jamais remarqué, dans les cercles qu'il fréquentait, que l'on s'abstînt de commenter les singularités de leurs membres. Les progrès de l'artiste furent contrariés par le fait que le colonel passait toute la journée à la chasse à courre, pendant que Lyon lui-même se trouvait occupé à manier ses pinceaux et à bavarder avec Sir David ; mais l'arrivée d'un dimanche compensa en partie son retard. Mrs. Capadose, heureusement, ne chassait pas, et lorsque le peintre eut fini son travail, elle ne se montra pas inaccessible. Il fit une ou deux promenades assez longues avec elle (Mrs. Capadose aimait marcher) et la persuada de prendre le thé avec lui dans un recoin accueillant du hall. Il eut beau l'observer, il ne pouvait se dire qu'elle paraissait consumée par une honte secrète ; le sentiment d'être mariée à un homme dont la parole était sans valeur ne rongeait pas son âme, pour autant que Lyon pût le deviner, comme le ver ronge le fruit. L'esprit d'Everina ne semblait rien contenir d'autre que sa sereine franchise, et lorsque le peintre la regardait dans les yeux (profondément, comme il se permettait quelquefois de le faire), ceux-ci ne trahissaient aucune pensée inconfortable. Lyon continua de lui parler sans relâche du bon vieux temps, évoqua des souvenirs qu'il était bien loin (avant cette réunion) de se rappeler. Puis il lui parla de son mari, dont il loua la belle apparence et le talent pour la conversation, déclarant qu'il avait tout de suite éprouvé de l'amitié pour Capadose, et il demanda à sa femme (avec une audace intérieure qui le fit un peu frémir) quelle sorte d'homme il était. « Quelle sorte ? demanda Mrs. Capadose. Mon Dieu, comment décrire son propre époux ? Je l'aime beaucoup.

– Ah, vous me l'avez déjà dit ! s'exclama Lyon avec une mélancolie exagérée.

– Alors pourquoi me le redemandez-vous ? » Après un instant, elle ajouta, comme si son bonheur était si complet qu'elle pouvait se permettre de prendre pitié de Lyon : « Il est d'une bonté, d'une douceur absolues. C'est un soldat – un gentilhomme – et un cher cœur ! Il n'a pas le moindre défaut. Et il est très doué.

– Oui ; il a l'air d'avoir des dons considérables, en effet. Mais quant à moi, je ne saurais le considérer comme un cher cœur.

– Je me moque de ce que vous pensez de lui ! » dit Mrs. Capadose ; et Lyon la trouva, tandis qu'elle lui souriait, plus belle que jamais. Elle était soit totalement cynique, soit encore plus totalement impénétrable, et il avait peu de chance d'obtenir d'elle le signe désiré – le signe qu'elle s'était rendu compte, après tout, qu'elle aurait mieux fait d'épouser un homme dont le nom n'était pas synonyme du plus méprisable et du moins héroïque des vices. N'avait-elle pas remarqué – n'avait-elle pas deviné – le sourire qui passait sur les visages quand son mari exécutait dans la conversation une acrobatie particulièrement caractéristique ? Comment une femme de sa qualité pouvait-elle endurer cela jour après jour, année après année, sinon par l'altération de sa nature ? Mais Lyon ne croirait à cette altération que lorsqu'il aurait entendu Everina mentir de son propre chef. Le peintre était fasciné et aussi à demi exaspéré par ce problème, et se posait toutes sortes de questions. Est-ce qu'elle ne mentait pas, après tout, en laissant passer sans protester les mensonges de Capadose ? Sa vie n'était-elle pas une collusion permanente, et ne se rendait-elle pas complice de son mari par le simple fait qu'il ne lui inspirait pas de dégoût ? Et pourtant, peut-être était-elle dégoûtée, en effet, et peut-être n'était-ce que sous l'effet d'un orgueil désespéré qu'elle s'était forgé un masque indéchiffrable. Peut-être protestait-elle, en privé, passionnément ; peut-être chaque nuit, dans leurs appartements, après la représentation hideuse de la journée, lui faisait-elle les scènes les plus cuisantes. Mais si de telles scènes n'aboutissaient à rien et que son mari ne prenait pas davantage la peine de guérir, comment pouvait-elle le dévisager, et après tant d'années de mariage par-dessus le marché, avec la complaisance parfaitement candide que Lyon avait surprise en elle au cours du dîner le premier soir ? Si notre ami n'avait pas été amoureux d'Everina, il aurait pu se divertir des méfaits du colonel ; mais en l'occurrence ceux-ci tournaient au tragique dans son esprit, même s'il se rendait compte que sa sollicitude aurait pu sembler comique.

Ces trois jours d'observation lui prouvèrent que si Capadose mentait abondamment, ces mensonges n'avaient rien de malveillant et que son admirable faculté s'exerçait surtout sur des sujets sans grande importance directe. « C'est le menteur platonique par excellence, se disait l'artiste ; il est désintéressé et agit sans le moindre espoir de gain et sans désir de nuire. C'est de l'art pour l'art, et c'est l'amour du beau qui l'inspire. Il a une vision intérieure de ce qui aurait pu être, ou de ce qui devrait être, et il œuvre pour la bonne cause par la simple substitution d'une nuance à une autre. D'une certaine manière, il est peintre, tout comme moi ! » Les manifestations de Capadose étaient d'une variété considérable, mais toutes caractérisées par un même air de famille, qui consistait surtout en une singulière futilité. C'était là ce qui les rendait déplaisantes ; elles encombraient le champ de la conversation, elles occupaient un espace précieux, et le convertissaient en une sorte de brouillard éblouissant traversé par des rayons de soleil. Pour un mensonge inventé sous la pression des circonstances, on trouve d'ordinaire une place commode, comme pour une personne qui se présente au théâtre avec une lettre de l'auteur un soir de première. Mais le mensonge superflu est pareil à l'individu sans billet ni recommandation qui s'installe sur un tabouret au milieu de l'allée.

Sur un point, Lyon acquittait son heureux rival : le peintre avait été surpris d'apprendre qu'un menteur aussi irrépressible que Capadose ne s'était pas mis en mauvaise posture à l'armée. Mais il comprit que le colonel respectait l'armée – cette auguste institution était sacrée, à l'abri de ses dépravations. En outre, même si les discours du colonel abondaient en vantardises, celles-ci portaient rarement, chose bizarre, sur des exploits militaires. Capadose avait la passion de la chasse, il l'avait poursuivie dans des contrées lointaines, et certaines des plus belles fleurs de son invention étaient des souvenirs de danger et de survie solitaires. Plus le décor était solitaire, et plus la fleur, naturellement, était énorme. Toute nouvelle connaissance, avec le colonel, recevait l'hommage d'un bouquet : Lyon arriva très vite à cette généralisation. Et cet homme extraordinaire se rendait coupable d'incohérences et de fautes inattendues : il retombait dans la plate véracité. Lyon constata ce que Sir David lui avait dit, que les aberrations du colonel venaient par crises ou par périodes – qu'il pouvait respecter la trêve de Dieu pendant un mois entier. La muse l'inspirait selon son caprice, et le laissait souvent tranquille. Il arrivait à Capadose de négliger les plus belles ouvertures, puis de mettre la voile contre le vent. En règle générale, il affirmait le faux plutôt qu'il ne niait le vrai ; mais cette proportion se voyait quelquefois renversée de façon spectaculaire. Très souvent, il se joignait aux rires qui éclataient contre lui – il admettait qu'il exagérait un peu et que beaucoup de ses anecdotes avaient un caractère expérimental. Et pourtant il ne se rétractait jamais tout à fait ni ne battait complètement en retraite – il plongeait et refaisait surface ailleurs. Lyon devina qu'il était capable de temps à autre de défendre sa position avec violence, mais seulement lorsque celle-ci était très mauvaise. Alors, il pouvait sans doute devenir dangereux ; alors, il pouvait attaquer et devenir calomnieux. Pareilles occasions mettaient nécessairement à rude épreuve la sérénité de son épouse – Lyon aurait bien aimé voir comment elle s'en tirait. Au fumoir et ailleurs, la compagnie, dans la mesure où elle était composée d'amis familiers de Capadose, avait toujours à portée de main une protestation hilare ; mais parmi ceux qui le connaissaient depuis longtemps, la richesse de son propos était de l'histoire ancienne, si ancienne qu'ils avaient cessé d'y faire allusion, et Lyon ne souhaitait pas, comme je l'ai déjà dit, solliciter l'opinion de ceux qui auraient pu partager sa propre surprise.

Le plus étrange de tout était que ni la surprise ni la familiarité n'empêchaient le colonel de se faire aimer ; les ponctions les plus substantielles qu'il imposait à l'attention sceptique de ses auditeurs passaient pour un débordement de vie et de gaieté – presque de beauté. Il aimait peindre son courage et se servait alors d'un très gros pinceau, et pourtant il était indéniablement courageux. Capadose était un cavalier et un tireur hors pair, en dépit du fonds d'anecdotes qui lui servait à illustrer ces exploits : en bref, il était presque aussi intelligent et avait eu une carrière presque aussi remarquable que ce qu'il prétendait. La principale qualité du colonel demeurait toutefois cette sociabilité sans discrimination qui ne doutait jamais de l'intérêt et de la crédulité d'autrui, et dont il se vantait le moins. Elle le rendait commun, et même, d'une certaine manière, vulgaire, mais elle était si contagieuse que son auditeur se retrouvait, contre toute probabilité, plus ou moins du côté du colonel. Oliver Lyon se fit à part lui la remarque que non seulement Capadose mentait, mais qu'il donnait à son auditeur le sentiment d'être lui-même quelque peu menteur, même (ou surtout) si celui-ci le contredisait. Pendant le dîner et plus tard dans la soirée, notre ami observa le visage de Mrs. Capadose pour voir si nulle ombre, nul spasme léger n'y passait jamais. Mais elle ne révéla rien, et l'étonnant était que, lorsque son mari parlait, elle l'écoutait presque toujours. C'était la marque de son orgueil : elle ne voulait pas qu'on la crût incapable de faire front. Lyon n'en avait pas moins la vision désagréable d'une figure voilée qui se rendrait, le lendemain, à la tombée du jour, dans certaines maisons pour réparer les dégâts du colonel, comme les parents des kleptomanes se présentent ponctuellement dans les magasins qui ont souffert de leurs chapardages.

« Je dois m'excuser : bien sûr, ce n'était pas vrai, j'espère qu'aucun tort n'a été causé, ce n'est que son incorrigible... » Oh, entendre la voix de cette femme en proie à ce profond avilissement ! Lyon n'avait pas d'intention malfaisante, il ne souhaitait pas consciemment exploiter la honte ou la loyauté d'Everina ; mais il se fit néanmoins la réflexion qu'il aimerait l'amener à comprendre qu'il y aurait eu pour elle davantage de dignité à se trouver unie à certaine autre personne. Il rêvait même d'une heure où, le visage en feu, ce serait elle qui le supplierait de ne pas aborder ce sujet. Alors, il se sentirait presque consolé – il serait magnanime.

Lyon termina son tableau et prit congé de ses hôtes, après avoir travaillé avec une fougue qui lui fit croire à un succès, jusqu'au moment où il découvrit qu'il avait fait plaisir à tout le monde, surtout à Mr. et Mrs. Ashmore, ce qui fit naître en lui quelques doutes. La compagnie, de toute façon, avait changé : le colonel et Mrs. Capadose étaient partis. Lyon pouvait cependant considérer que sa séparation d'avec cette dame signifiait moins une fin qu'un commencement, et il lui rendit visite peu de temps après être rentré en ville. Everina lui avait précisé à quelles heures elle recevait – elle semblait avoir de l'affection pour lui. Si tel était le cas, pourquoi ne l'avait-elle pas épousé, ou du moins, pourquoi ne regrettait-elle pas de ne pas l'avoir fait ? Si elle avait des regrets, elle ne les cachait que trop bien. La curiosité de

Lyon sur ce point pourra sembler sotte au lecteur, mais il faut bien accorder quelque compensation à un homme déçu. Après tout, il ne demandait pas grand-chose ; il n'attendait pas qu'elle l'aimât aujourd'hui ou qu'elle lui permît de lui dire qu'il l'aimait, mais seulement qu'elle lui montrât quelque signe de regret. Au lieu de quoi, pour le moment, elle se contenta de lui présenter sa petite fille. L'enfant était ravissante et avait les plus jolis yeux innocents qu'il eût jamais vus : ce qui ne l'empêcha pas de se demander si elle ne racontait pas de vilains mensonges. Cette idée le divertit beaucoup – l'image de l'inquiétude avec laquelle sa mère la regarderait grandir, guettant les symptômes de l'hérédité. Voilà qui ferait un joli passe-temps pour Everina Brant ! Mentait-elle elle-même à l'enfant sur son père, tandis qu'elle la serrait dans ses bras ; était-ce nécessaire, pour couvrir les traces du colonel ? Se contrôlait-il devant la fillette – pour qu'elle ne l'entende pas dire des choses qu'elle savait ne pas être conformes à la vérité ? Lyon en doutait : son génie l'emporterait, et l'enfant ne serait à l'abri que si elle était trop stupide pour réfléchir. On ne pouvait pas encore en juger – elle était trop jeune. Si elle devenait une jeune fille intelligente, sans doute suivrait-elle l'exemple de son père – voilà qui arrangerait la situation de sa mère de façon charmante ! Son petit visage n'était pas sournois, mais le visage adulte de son père ne l'était pas davantage : cela ne prouvait donc rien.

Lyon rappela plus d'une fois à ses amis qu'ils lui avaient promis de laisser Amy poser pour lui, et qu'il n'attendait qu'un moment de loisir. L'envie le prit de faire aussi le portrait du colonel – opération dont il se promettait de tirer une riche satisfaction personnelle. Il le forcerait à se révéler, il ferait de lui la représentation totale dont il avait parlé avec Sir David, et personne ne le saurait, à part les initiés. Ces derniers, cependant, tiendraient son portrait en haute estime, et il s'agirait en effet d'un ouvrage d'une profondeur exceptionnelle – un chef-d'œuvre de caractérisation subtile, de traîtrise légitime. Il rêvait depuis des années de produire quelque chose qui porterait la marque du psychologue aussi bien que celle du peintre, et il avait enfin trouvé son sujet. Il était dommage qu'il ne soit pas meilleur, mais là, ce n'était pas la faute de l'artiste. Il avait déjà le sentiment que personne ne savait mieux que lui amener le colonel à se révéler, et il ne suivait pas seulement son instinct, mais un plan délibéré. Il y avait des moments où il était presque effrayé par la réussite de ce plan – le pauvre colonel allait si terriblement loin. Un jour, il s'arrêterait, regarderait Lyon droit dans les yeux – devinerait qu'on se jouait de lui –, ce qui mènerait sa femme à le deviner aussi. Cependant, Lyon ne s'en souciait guère, tant qu'Everina ne supposait pas (ce qui devait être le cas) qu'elle était elle aussi l'objet de la plaisanterie. Le peintre était désormais si accoutumé à rendre visite à Everina tous les dimanches après-midi qu'il se sentait contrarié lorsqu'elle ne se trouvait pas en ville. Cela arrivait souvent, car le couple faisait de nombreux séjours chez des amis et le colonel avait toujours grande envie d'aller à la chasse, sport qu'il appréciait surtout quand il pouvait s'y livrer aux dépens d'autrui. Lyon aurait cru ce genre de vie bien peu du goût d'Everina, car il avait dans l'idée que c'était en visite à la campagne que son mari se manifestait avec le plus d'éclat. Le laisser partir sans elle, ne pas le voir se donner en spectacle – cela aurait dû logiquement représenter pour elle un soulagement et un luxe. Elle avait bien déclaré à Lyon qu'elle préférait rester chez elle ; mais elle avait négligé de dire que c'était parce que, chez les autres, elle était au supplice : elle avait prétexté qu'elle aimait trop être avec sa fille. Ce n'était peut-être pas un crime de raconter ce genre d'histoire, mais c'était vulgaire : le pauvre Lyon fut enchanté de parvenir à cette formule. Un jour, de surcroît, le colonel finirait sans doute par dépasser les bornes – il deviendrait un animal nuisible. Oui, en attendant, il était vulgaire, en dépit de ses talents, de sa prestance et de son impunité. Deux fois, par exception, vers la fin de l'hiver, quand il s'en alla à la chasse pour quelques jours, sa femme resta chez elle. Lyon n'en était pas encore arrivé à se demander si le désir de ne pas manquer deux des visites du peintre avait quelque rapport avec ce refus de se déplacer. Cette question serait peut-être venue plus à point quelque temps après, quand Lyon eut commencé à peindre la petite fille, et qu'Everina vint chaque fois accompagner son enfant. Mais elle n'était pas de ces femmes qui donnent un faux nom, qui font semblant, et Lyon voyait qu'elle avait la fibre maternelle, en dépit du sang vicié qui coulait dans les veines de la petite fille.

Elle vint toujours, bien que Lyon multipliât les séances de pose : elle ne confia jamais Amy à la gouvernante ou à la bonne. Il avait expédié le pauvre vieux Sir David en dix jours, mais le portrait de cette enfant au visage simple promettait de durer jusqu'au-delà du Nouvel An.

Il continuait à demander séance après séance, et n'importe quel témoin de l'affaire aurait remarqué qu'il épuisait la petite fille. Mais Lyon n'était pas dupe, pas plus que Mrs. Capadose : ils étaient présents ensemble pendant les longues récréations qu'il accordait à la petite, la laissant quitter sa pose et fureter dans le vaste atelier, s'amuser avec les objets curieux qu'il contenait, jouant avec les draperies et les costumes anciens, puisqu'elle avait reçu la permission de toucher à tout. Alors, sa mère et Mr. Lyon restaient assis à bavarder ; il posait ses pinceaux et se renversait dans son fauteuil ; il lui offrait toujours le thé. Ce que Mrs. Capadose ignorait était que, durant ces semaines, il négligea d'autres commandes : les femmes sont incapables d'imaginer le travail d'un homme au-delà de la vague idée que cela n'a aucune importance. En fait, Lyon remettait tout et fit attendre plusieurs célébrités. Il y avait des demi-heures de silence, tandis qu'il maniait ses pinceaux, pendant lesquelles il était surtout conscient de la présence d'Everina dans l'atelier. Elle s'y prêtait volontiers, s'il n'insistait pas pour faire la conversation, et elle ne se montrait ni gênée ni ennuyée. Parfois, elle prenait un livre – il y en avait un peu partout ; quelquefois, assise dans son fauteuil à quelque distance, elle observait les progrès du travail (sans offrir cependant le moindre conseil ni la moindre correction), comme si elle se souciait de chaque coup de pinceau qui représentait sa fille. Ces coups de pinceau étaient parfois un peu fébriles, tant l'artiste songeait davantage à son cœur qu'à sa main. Il n'était pas plus gêné qu'elle, mais il était agité : c'était comme si pendant les séances de pose (car l'enfant, elle aussi, était d'un silence admirable) quelque chose croissait entre eux – depuis longtemps, peut-être –, une confidence tacite, un secret inexprimable. Lyon le ressentait ainsi ; mais après tout il ne pouvait être certain qu'Everina partageait son sentiment. Ce qu'il voulait qu'elle fasse pour lui était bien peu de chose ; ce n'était même pas d'avouer qu'elle était malheureuse. Il serait suprêmement satisfait si elle se contentait de lui faire savoir, même par un signe muet, qu'elle reconnaissait que sa vie, avec lui, aurait été plus belle. Parfois, il devinait – sa présomption allait jusque-là – qu'il pouvait déceler ce signe en la voyant rester assise là, l'air content.

III

Il finit par aborder la question du portrait du colonel : la saison était maintenant très avancée – il ne resterait guère de temps avant la dispersion générale. L'artiste déclara qu'il leur fallait en profiter autant que possible ; l'essentiel était de commencer ; puis, l'automne venu, lorsque leur vie reprendrait son cours à Londres, ils pourraient progresser. Mrs. Capadose lui fit l'objection qu'il lui était impossible d'accepter à nouveau un cadeau d'une telle valeur. Lyon lui avait donné un portrait d'elle, autrefois, et il avait vu ce qu'ils avaient eu l'indélicatesse d'en faire. Maintenant, il lui avait offert ce magnifique souvenir de leur enfant – car il serait sans doute magnifique quand il serait fini, si toutefois Lyon pouvait jamais s'estimer satisfait ; ce serait un objet précieux qu'ils chériraient à jamais. Mais la générosité du peintre devait s'arrêter là – les Capadose ne pouvaient lui être à ce point « redevables ». Il ne pouvait être question de lui commander le portrait – cela, bien sûr, Lyon pouvait le comprendre, sans qu'il soit nécessaire de lui donner des explications ; c'était un luxe au-dessus de leurs moyens, car ils savaient quels émoluments considérables le peintre recevait. En outre, qu'avaient-ils fait – surtout, qu'avait-elle fait, elle, pour qu'il les comble de tant de bienfaits ? Non, c'était trop de bonté ; il était tout à fait impensable de laisser Clement poser pour lui. Lyon l'écouta sans protester ni l'interrompre, penché sur sa toile, au travail, et finit par lui répondre : « Eh bien, si vous n'en voulez pas, pourquoi ne pas lui permettre de poser pour me faire plaisir et pour mon propre profit ? Considérez ce geste comme une faveur, comme un service que je lui demande. Cela me fera le plus grand bien de le peindre, et le tableau restera en ma possession.

– Comment cela pourra-t-il vous faire le plus grand bien ? demanda Mrs. Capadose.

– Eh bien, parce qu'il s'agit d'un modèle si rare – d'un sujet si intéressant. Il a un visage très expressif. Cela m'apprendra une foule de choses.

– Expressif de quoi ? reprit Mrs. Capadose.

– Mais de sa nature !

– Et vous souhaitez donc peindre sa nature ?

– Bien sûr. C'est ce que vous révèle un excellent portrait, et je ferai en sorte que celui du colonel soit excellent. Cette œuvre me placera très haut. Vous voyez donc que ma demande est éminemment intéressée.

– Comment pourriez-vous monter plus haut ?

– Oh, je suis insatiable. Consentez donc ! répliqua Lyon.

– Eh bien, sa nature est très noble, admit Mrs. Capadose.

– Ah, faites-moi confiance, je la révélerai ! » s'exclama Lyon, qui avait un peu honte de lui.

Mrs. Capadose précisa, avant de s'en aller, que son mari accepterait probablement l'invitation du peintre, mais elle ajouta : « En tout cas, moi, rien ne pourrait me convaincre de vous laisser m'espionner ainsi !

– Oh, vous, répondit Lyon en riant – je pourrais vous peindre les yeux fermés ! »

Peu de temps après, le colonel mit ses loisirs à la disposition du peintre, et à la fin du mois de juillet, il lui avait déjà rendu plusieurs visites. Lyon ne fut déçu ni par la qualité de son modèle ni par l'intensité avec laquelle il se montra lui-même à la hauteur de la situation ; l'artiste avait la certitude qu'il allait produire quelque chose de remarquable. Il était de l'humeur voulue ; son *motif** le charmait et son problème l'intéressait profondément. Une seule question le troublait : lorsqu'il enverrait son tableau à l'Académie, il ne pourrait pas l'appeler, tout simplement, pour le catalogue, *Le*

Menteur. Cependant, cela n'avait guère d'importance, car il avait maintenant décidé que le caractère du modèle devrait être visible même pour l'intelligence la plus médiocre – qu'il devrait éclipser tout le reste, comme c'était désormais le cas pour l'artiste lorsqu'il contemplait son sujet vivant. De même que Lyon ne distinguait maintenant plus rien d'autre chez le colonel, de même se consacra-t-il tout entier au bonheur de ne rien peindre d'autre. Il n'aurait su vous dire comment il y était parvenu, mais il lui semblait que le secret de ce processus se révélait de nouveau à lui chaque fois qu'il se remettait à l'ouvrage. Il se manifestait dans les yeux et dans la bouche, dans chaque trait du visage et dans chaque aspect de l'attitude, dans la fossette du menton, dans l'implantation de la chevelure, dans la torsion de la moustache, dans les apparitions fugitives du sourire et dans le mouvement de chaque souffle. Il résidait, en bref, dans le regard que le colonel offrait au monde qu'il embobelinait – regard qui resterait à jamais inchangé. Il y avait cinq ou six portraits en Europe que Lyon considérait comme des sommets de l'art ; le peintre les jugeait immortels, car la perfection de leur exécution n'avait d'égale que celle de leur conservation. C'était à ce petit groupe exemplaire qu'il espérait ajouter la toile à laquelle il était maintenant attelé. Une des œuvres qui avait aidé à sa composition était le magnifique Moroni de la National Gallery – le jeune tailleur en costume blanc installé devant sa planche, ses grands ciseaux à la main. Le colonel n'était pas tailleur, et le modèle de Moroni n'était pas non plus, contrairement à de nombreux tailleurs, un menteur ; mais, quant à la clarté magistrale avec laquelle le personnage devait être rendu, son œuvre serait du même ordre. Il éprouvait, à un degré rarement atteint jusque-là, la satisfaction de sentir la vie croître et se développer avec chaque coup de pinceau. Le colonel, d'ailleurs, aimait poser et aussi parler pendant les séances : ce qui était fort bienvenu, puisque son discours constituait pour une large part l'inspiration de Lyon. Le peintre mettait en pratique l'idée de la révélation expressive qu'il chérissait depuis de si nombreuses semaines : il n'aurait pu se trouver mieux placé pour la mener à bien. Il encourageait son modèle, le tentait, l'éperonnait, manifestait une crédulité inépuisable, et ne l'interrompait que lorsqu'il n'y réagissait pas assez vite. Le colonel avait ses interludes, ses heures de stérilité, et alors Lyon avait l'impression que le portrait languissait aussi. Plus son compagnon s'élevait, plus il décrivait de cercles dans le bleu du ciel, et mieux Lyon peignait ; il ne pouvait jamais le maintenir assez longtemps dans les airs. Il le cinglait pour l'encourager lorsqu'il flanchait ; il tremblait parfois que le colonel n'aille découvrir quel jeu il jouait. Mais il ne s'en apercevait jamais, semblait-il ; il s'épanouissait avec délectation sous la belle lumière égale de l'attention du peintre. Dans ces conditions, le tableau avança très vite ; la rapidité de l'affaire était incroyable, par comparaison avec la lenteur du portrait de la petite fille. Le 5 août, le tableau était pratiquement terminé : c'était la date de la dernière séance de pose que le colonel se trouvait pour l'instant en mesure d'accorder à Lyon, car il quittait Londres le lendemain en compagnie de sa femme. Lyon était amplement satisfait – il distinguait clairement la route à suivre : il pourrait finir le reste de l'ouvrage à sa convenance, avec ou sans la présence de son ami. En tout cas, comme rien ne pressait, la toile pourrait attendre le retour du peintre à Londres en novembre, où il se remettrait à l'œuvre d'un œil neuf. Lorsque le colonel lui exprima le désir d'amener sa femme le lendemain pour lui montrer le portrait, si elle avait une minute – elle en avait tellement envie –, Lyon lui demanda comme une faveur spéciale qu'elle veuille bien attendre : il était encore loin d'être content de son travail. Cela reprenait une proposition que Mrs. Capadose avait faite lors de la dernière visite du peintre, qui avait alors demandé un sursis – il avait affirmé à Everina qu'il était loin d'être satisfait. En fait, il était enchanté, et une fois de plus, il eut un peu honte de lui.

Le 5 août, il faisait très chaud, et tandis que le colonel bavardait, assis bien droit dans son fauteuil, Lyon ouvrit, pour aérer la pièce, une petite porte annexe qui menait directement de l'atelier dans le jardin, servant à l'occasion aux modèles et aux visiteurs les plus humbles, et par où l'on faisait passer les toiles, les cadres, les paquets, et autres fournitures professionnelles. L'accès principal se faisait par la maison et à travers les appartements privés du peintre, et cette approche avait pour effet charmant de vous faire d'abord déboucher sur une haute galerie d'où un escalier pittoresque et tordu permettait de descendre dans le vaste atelier décoré et encombré. La vue plongeante que l'on avait sur cette pièce, pleine de curiosités artistiques variées et des objets de valeur que Lyon collectionnait, ne manquait jamais de provoquer des exclamations de ravissement chez les visiteurs qui arrivaient dans la galerie.

L'entrée par le jardin était plus simple, et à la fois plus pratique et plus privée. Le domaine de Lyon, dans le quartier de St. John's Wood[1], n'était pas grand, mais lorsque la porte était ouverte les jours d'été, on apercevait des fleurs et des arbres, on respirait une douce odeur et on entendait chanter les oiseaux. Ce matin-là, cette entrée avait paru commode à une visiteuse qui n'avait pas été annoncée, une femme assez jeune qui était venue se planter dans la pièce sans attirer l'attention du colonel, et que le peintre remarqua avant son modèle. Elle était très silencieuse, et son regard allait de l'un à l'autre des deux hommes. « Diable, en voilà une autre ! » s'exclama Lyon dès qu'il l'eut aperçue. Elle appartenait en effet à une classe assez importune – le modèle en quête d'emploi, et expliqua que si elle s'était aventurée à entrer directement par cette porte, c'était parce que très souvent, lorsqu'elle rendait visite à des messieurs, les domestiques lui jouaient des tours, l'éconduisaient et refusaient de prendre son nom.

« Mais comment êtes-vous entrée dans le jardin ? demanda Lyon.

1. Le quartier de St. John's Wood, situé au nord-ouest de Regent's Park, attirait dans ses demeures ombragées artistes, gens de lettres et demi-mondaines. La famille James y avait habité en 1855-1856.

– Le portail était ouvert, monsieur – l'entrée des domestiques. La carriole du boucher était garée devant.

– Le boucher aurait dû le refermer, dit Lyon.

– Alors, vous avez pas besoin de moi, monsieur ? » reprit la dame.

Lyon continua de peindre ; il avait d'abord lancé au modèle un regard aigu, puis il s'était désintéressé d'elle. Le colonel, cependant, examinait la visiteuse avec intérêt. C'était une personne dont on aurait eu peine à dire si elle avait l'air vieille alors qu'elle était jeune, ou si c'était l'inverse ; en tout cas, elle avait de toute évidence passé quelques-uns des caps de l'existence, et si son visage était rosé, il manquait cependant quelque peu de fraîcheur. Elle était pourtant jolie et on pouvait même penser qu'à une certaine époque elle avait pu poser pour la beauté de son teint. Elle portait un chapeau orné de plumes abondantes, une robe surchargée de volants, de longs gants noirs encerclés de bracelets d'argent et de très mauvaises chaussures. Elle avait une allure particulière, qui n'était pas tout à fait celle d'une gouvernante qui aurait perdu sa place ni celle d'une actrice en quête de contrat, mais qui évoquait plutôt une profession interrompue, voire une carrière brisée. Sa tenue était plutôt sale et défraîchie, et après quelques instants de sa présence dans la pièce, l'air, ou en tout cas la narine, s'imprégna de vapeurs d'alcool indéniables. Elle n'était guère experte en élocution, et lorsque Lyon finit par la remercier en l'assurant qu'il n'avait pas besoin d'elle – il n'avait aucun projet pour lequel elle pourrait lui être utile –, elle répondit d'un air plutôt blessé : « Eh ben, pourtant, vous m'avez déjà employée !

– Je ne me souviens pas de vous, répondit Lyon.

– Eh ben, les gens qu'ont vu vos tableaux, j'imagine qu'ils s'en souviennent, eux ! J'ai guère de temps, mais j'ai pensé que j'passerais vous voir.

– Je vous suis très obligé.

– Si jamais vous avez besoin de moi, envoyez-moi juste une carte postale…

– Je n'envoie jamais de cartes postales, répondit Lyon.

– Oh, alors, une lettre personnelle, j'apprécierais ! Envoyez tout c'que vous voulez à Miss Geraldine, Mortimer Terrace Mews, Notting Hill.

– Très bien, je m'en souviendrai », dit Lyon.

Miss Geraldine s'attardait. « J'ai pensé que j'passerais, au cas où.

– Je crains de ne pouvoir vous donner d'espoir, tant je suis occupé par les portraits, poursuivit Lyon.

– Ça, je vois. J'voudrais bien être à la place du monsieur.

– Je crains que dans ce cas le portrait ne me ressemble pas beaucoup, dit le colonel en riant.

– Oh, bien sûr, y aurait pas de comparaison – y serait pas si beau qu' vous ! Mais j' les déteste, ces portraits ! déclara Miss Geraldine. Ça nous retire le pain d' la bouche.

– Eh bien, il y a beaucoup de peintres qui n'en font pas, suggéra Lyon d'un ton réconfortant.

– Oh, j'ai posé pour les meilleurs – et rien qu' pour les meilleurs ! Y en a beaucoup qui pourraient rien faire sans moi.

– Je suis ravi que vous soyez si demandée. » Lyon commençait à s'ennuyer et il ajouta qu'il ne la retenait pas – il l'enverrait chercher en cas de besoin.

« Très bien ; souvenez-vous, pour l'adresse – quand même, c'est dommage ! Vous posez pas si bien que nous autres ! poursuivit Miss Geraldine en regardant le colonel. Si vous, vous avez besoin de moi, monsieur…

– Vous le déconcertez, vous le gênez, dit Lyon.

– Je le gêne, ah, bonté ! » s'écria la visiteuse avec un rire qui répandit quelques effluves. « Peut-être que vous, vous en envoyez des cartes postales, hein ? » poursuivit-elle en s'adressant au colonel ; puis elle se retira d'un pas chancelant. Elle sortit par le jardin comme elle était venue.

« Quelle horreur – elle est ivre ! » dit Lyon. Il peignait avec ardeur, mais il leva les yeux en s'interrompant : Miss Geraldine, par la porte ouverte, avait rejeté la tête en arrière.

« Oui, je les hais, ces machins-là ! » cria-t-elle avec une explosion d'hilarité qui confirma la déclaration de Lyon. Et puis elle disparut.

« Quels trucs ? Que veut-elle dire ? demanda le colonel.

– Oh, que je fasse votre portrait, alors que je pourrais faire le sien.

– Et l'avez-vous jamais fait ?

– Non, jamais ; je ne l'ai jamais vue de ma vie. Elle se trompe tout à fait. »

Le colonel resta un instant silencieux ; puis il remarqua : « Elle était très jolie – il y a dix ans.

– Je n'en doute pas, mais elle est tout à fait décatie maintenant. Pour moi, une simple goutte de trop les abîme ; elle ne me conviendrait pas du tout.

– Mon cher ami, ce n'est pas un modèle, dit le colonel en riant.

– Aujourd'hui, sans doute, elle n'est pas digne de ce nom ; mais elle l'a été.

– *Jamais de la vie** ! Ce n'est qu'un prétexte.

– Un prétexte ? » Lyon dressa l'oreille – il commençait à se demander ce qui allait suivre.

« Ce n'est pas vous qu'elle voulait voir – c'était moi.

– J'ai remarqué qu'elle vous prêtait quelque attention. Que vous veut-elle donc ?

– Oh, me jouer un vilain tour. Elle me hait – c'est le cas de beaucoup de femmes. Elle m'observe – elle me suit. »

Lyon se renversa dans son fauteuil – il ne croyait pas un mot de toute cette histoire. Il n'en était que plus enchanté, ainsi que des façons ouvertes et franches du colonel. Cette invention avait fleuri, toute parfumée, dans l'instant. « Mon cher colonel ! » murmura-t-il, avec un intérêt amical mêlé de commisération.

« J'ai été contrarié quand elle est entrée – mais pas surpris, poursuivit le modèle de Lyon.

– Vous l'avez très bien caché, si vous l'étiez.

– Ah, quand on est passé par ce que j'ai subi ! Aujourd'hui, pourtant, je dois dire que je n'étais pas loin de m'y attendre. Je l'ai vue qui traînait dans les parages – elle connaît mes déplacements. Elle était près de chez moi ce matin – elle m'a suivi, sans doute.

– Mais qui est-elle donc – avec un pareil *toupet** ?

– Oui, elle n'en manque pas, en effet, répondit le colonel, mais comme vous l'avez remarqué, elle était pompette. Pourtant, il y avait du toupet, comme vous dites, dans son entrée ici. Oh, c'est une mauvaise femme ! Ce n'est pas un modèle, et elle ne l'a jamais été. Elle a connu, sans doute, certaines de ces femmes et a emprunté leurs manières. Elle avait mis le grappin sur un de mes amis il y a dix ans – un jeune gandin stupide que j'aurais pu laisser plumer, mais à qui j'ai dû m'intéresser pour des raisons de famille. C'est une longue histoire – elle m'était tout à fait sortie de l'esprit. Cette femme a au bas mot trente-sept ans. Je suis intervenu et j'ai obligé le garçon à se débarrasser d'elle – je l'ai envoyée promener. Elle savait que c'était à moi qu'elle le devait. Elle ne me l'a jamais pardonné – je crois qu'elle est timbrée. Son nom n'est pas du tout Geraldine, et je doute beaucoup que ce soit là son adresse.

– Ah, et comment s'appelle-t-elle donc ? »

demanda Lyon, d'un air très attentif. Les détails commençaient toujours à proliférer, à abonder, une fois que son compagnon était bien lancé – ils s'élançaient alors en rangs serrés.

« C'est Pearson – Harriet Pearson ; mais autrefois, elle se faisait appeler Grenadine – n'est-ce pas un nom bizarre ? Grenadine – Geraldine, le saut a été facile. » Lyon fut charmé par la rapidité de la réponse, et son interlocuteur poursuivit : « Il y avait des années que je n'avais pensé à elle – je l'avais tout à fait perdue de vue. Je ne sais pas ce qu'elle a en tête, mais en fait, elle est inoffensive. Quand je suis entré, j'ai cru la voir un peu plus loin dans la rue. Elle a dû apprendre que je venais ici et arriver avant moi. Je crois – ou plutôt je suis certain – qu'elle m'attend dehors maintenant.

– Est-ce qu'il ne vaudrait pas mieux vous protéger ? demanda Lyon en riant.

– La meilleure protection, c'est cinq shillings – je suis prêt à aller jusque-là. Sauf, bien sûr, si elle a une bouteille de vitriol. Mais elles ne lancent de vitriol que sur les hommes qui les ont trompées, et je ne l'ai jamais trompée – je lui ai dit la première fois que je l'ai vue qu'il n'y avait rien à faire. Bon, si elle est là, nous ferons un bout de chemin ensemble, nous causerons et, comme je l'ai dit, j'irai jusqu'à cinq shillings.

– Eh bien, reprit Lyon, j'y ajouterai cinq shillings de plus. » Il considérait que ce n'était pas cher payé pour le divertissement.

Ce divertissement fut toutefois momentanément interrompu par le départ du colonel. Lyon espérait qu'une lettre allait lui raconter la suite de cette fiction ; mais il semblait que son brillant modèle ne maniait pas la plume. En tout cas, Capadose quitta la ville sans avoir écrit ; ils s'étaient donné rendez-vous pour dans trois mois. Oliver Lyon passait toujours ses vacances de la même manière ; pendant les premières semaines il rendait visite à son frère aîné, heureux propriétaire, dans le sud de l'Angleterre, d'une vieille demeure pleine de couloirs et de recoins entourée de jardins tirés au cordeau que Lyon adorait, puis le peintre partait à l'étranger – le plus souvent en Italie ou en Espagne. Cette année-là, il suivit son habitude, après avoir jeté un dernier regard à son œuvre presque terminée, satisfait, autant qu'il pouvait jamais l'être, par la traduction de son idée sur la toile – qui aboutissait toujours, selon Lyon, à un compromis désolant. Par un après-midi jaune de soleil, à la campagne, alors qu'il était occupé à fumer sa pipe sur une des anciennes terrasses, le peintre fut saisi par le désir de revoir le tableau et d'y ajouter deux ou trois touches : il y avait songé bien souvent, tandis qu'il restait là, à se prélasser. L'impulsion était trop forte pour être négligée, et bien que Lyon eût prévu de rentrer en ville au cours de la semaine suivante, il ne pouvait souffrir d'attendre jusque-là. Il lui suffirait de regarder le tableau cinq minutes – cela permettrait de clarifier certaines questions qui bourdonnaient dans sa tête ; aussi prit-il le train pour Londres le lendemain matin afin de s'offrir ce luxe. Il n'annonça pas son arrivée ; il déjeunerait au club et rentrerait sans doute dans le Sussex par le train de 5 h 45.

Dans les rues de St. John's Wood, le flux de la marée humaine n'est jamais très dense, et comme on était au début de septembre, Lyon trouva un vide total dans les rues droites et ensoleillées où les petits murs de jardin blanchis à la chaux, avec leurs portes muettes, prenaient un air légèrement oriental. Un silence marqué régnait dans sa propre maison, dont il ouvrit la porte avec son passe, car il croyait bon, par principe, de surprendre ses domestiques de temps à autre. La brave femme qui était la principale responsable de la maison et cumulait les fonctions de cuisinière et de gouvernante fut pourtant vite rappelée à l'ordre par le bruit des pas de Lyon et le reçut (car il cultivait un rapport franc avec ses domestiques) sans confusion ni surprise. Le peintre lui dit de ne pas s'inquiéter si la maison n'était pas encore tout à fait en ordre, puisqu'il n'était là que pour quelques heures – il devait travailler dans son atelier. À quoi elle répondit qu'il arrivait juste à temps pour voir une dame et un gentleman qui s'y trouvaient en ce moment – ils étaient là depuis cinq minutes. Elle leur avait bien dit qu'il était absent, mais ils avaient répondu que c'était sans importance ; ils souhaitaient seulement voir un tableau et prendraient garde à ne rien déranger. « J'espère que je n'ai pas mal fait, monsieur, conclut la gouvernante. Le gentleman a dit qu'il était un de vos modèles et il m'a donné son nom – un nom plutôt bizarre ; je crois que c'est un militaire. La dame est très distinguée, monsieur. En tout cas, ils sont là.

– Oh non, vous n'avez pas mal fait », dit Lyon, qui avait bien deviné l'identité de ses visiteurs. La brave femme ne pouvait être au courant, car elle n'avait pas pour fonction d'introduire et de reconduire les visiteurs ; le valet de Lyon, qui s'occupait d'ordinaire de ces allées et venues, l'avait accompagné à la campagne. Il était plutôt surpris que Mrs. Capadose fût venue voir le portrait de son mari contre la volonté expresse de l'artiste ; mais il savait de longue date qu'Everina était une femme de caractère. En outre, peut-être cette dame n'était-elle pas Mrs. Capadose ; le colonel avait pu amener une amie curieuse, une personne qui voulait commander un portrait de son propre mari. Que faisaient-ils en ville, de toute manière, à ce moment-là ? Lyon se dirigea vers son atelier avec une certaine curiosité ; il se demandait vaguement ce que ses amis « fabriquaient ». Il écarta le rideau qui masquait la porte de communication – la porte qui donnait sur la galerie qu'on avait jugé commode de construire, à l'époque où l'on avait ajouté l'atelier à la maison. Dire que Lyon écarta le rideau est en fait inexact ; il y porta la main, mais au même moment, il fut interrompu par un bruit très singulier. Il provenait d'en bas, de l'atelier, et Lyon en fut tout saisi, car on aurait dit un gémissement passionné – une sorte de cri étouffé – accompagné de violents sanglots. Oliver Lyon écouta avec attention quelques instants, puis il sortit sur le balcon, qui était recouvert d'un épais tapis berbère ancien. Sans que Lyon eût cherché à l'assourdir, il se trouva que le bruit de ses pas était étouffé, et après ce premier instant de stupeur, Lyon se mit à profiter d'un hasard irrésistible, car il n'avait pas attiré l'attention des deux personnes qui se trouvaient dans l'atelier, cinq ou six mètres plus bas. À la vérité, les visiteurs étaient si profondément et si étrangement occupés qu'il était compréhensible qu'ils n'eussent pas remarqué la présence du peintre. Lyon assista alors à l'une des scènes les plus étonnantes qu'il eût jamais contemplées. La délicatesse et l'incompréhension l'empêchèrent d'abord de l'interrompre – car le spectacle était celui d'une femme qui s'était jetée en pleurs sur la poitrine de son compagnon – et ces sentiments furent suivis, une minute après (les minutes furent très peu nombreuses et très courtes), par un motif bien défini, qui eut aussitôt pour effet de faire reculer le spectateur derrière le rideau. J'ajouterais volontiers que ce même motif poussa Lyon à se servir, pour prolonger sa contemplation, d'une ouverture qu'il ménagea en rapprochant les deux côtés de la *portière**. Le peintre savait parfaitement ce qu'il faisait – il se comportait pour le moment en indiscret, en espion ; mais il comprenait aussi qu'une très étrange affaire se déroulait, où l'on s'était joué de sa confiance, et que si en un sens cela ne le concernait pas, en un autre sens, l'inverse n'était pas moins vrai. Cette observation et ces réflexions se déroulèrent en un éclair.

Les visiteurs de Lyon étaient debout au milieu de la pièce ; Mrs. Capadose s'accrochait à son mari, agitée de pleurs et de sanglots, comme si son cœur allait se briser. Sa détresse faisait horreur à Oliver Lyon, mais il fut encore plus stupéfait qu'horrifié lorsqu'il entendit le colonel y répondre par ces mots, prononcés avec véhémence : « Maudit soit-il ! Maudit soit-il ! » Que s'était-il donc passé ? Pourquoi sanglotait-elle et qui maudissait-il ? Ce qui s'était passé, Lyon le comprit tout de suite après, était que le colonel avait fini par dénicher son portrait inachevé (il savait dans quel coin l'artiste le rangeait d'habitude, à l'écart, face au mur) et l'avait placé devant sa femme sur un chevalet vide. Elle l'avait contemplé quelques instants, puis – semblait-il – ce qu'elle y avait vu avait provoqué une explosion de détresse et de ressentiment. Ils étaient trop occupés, elle à sangloter et le colonel à la serrer dans ses bras et à répéter sa malédiction, pour regarder derrière eux ou pour lever les yeux vers la galerie. La scène était si inattendue que Lyon ne put y voir, sur le moment, la preuve du triomphe de sa main – un triomphe immense : il ne put que se demander ce qui diable était en train de se passer. L'idée du triomphe ne lui vint qu'un peu plus tard. Pourtant, le portrait était visible depuis l'endroit où il se tenait ; Lyon fut impressionné par son air vivant – il n'avait pas eu conscience de faire une œuvre aussi magistrale. Mrs. Capadose s'arracha des bras de son mari – elle s'effondra dans le fauteuil le plus proche, et s'appuya à une table, le visage caché par ses bras. Ses pleurs devinrent soudain inaudibles, mais elle tremblait de tout son corps, comme écrasée de douleur et de honte. Son mari resta un moment à regarder fixement le tableau ; puis il alla vers sa femme, se pencha sur elle, la prit à nouveau dans ses bras pour la consoler. « Qu'avez-vous, ma chère, qu'avez-vous donc ? » demanda-t-il.

Lyon entendit la réponse d'Everina. « C'est cruel – oh, c'est trop cruel !

– Maudit soit-il ! Maudit soit-il ! répéta le colonel.

– Tout est là – tout est là ! poursuivit Mrs. Capadose.

– Mais sacrebleu, qu'est-ce qui est là ?

– Tout ce qui ne devrait pas y être – tout ce qu'il a vu – c'est trop affreux !

– Tout ce qu'il a vu ? Eh bien, ne suis-je pas

bien de ma personne ? Je trouve qu'il m'a rendu plutôt beau. »

Mrs. Capadose avait à nouveau bondi de son siège ; elle avait lancé un autre regard au tableau de la trahison. « Comment, beau ? Non, hideux, hideux ! Pas ça – jamais, jamais !

– Pas quoi, au nom du ciel ? » Le colonel avait presque crié. Lyon vit que son visage était empourpré et perplexe.

« Ce qu'il a fait de toi – ce que tu sais ! Lui aussi le sait – il l'a vu. Tout le monde le saura – tout le monde le verra. Imagine cette horreur à l'Académie !

– Tu perds l'esprit, ma chère ; mais si tu le détestes tant, il n'y pas de raison d'envoyer le portrait à l'Académie.

– Oh, mais il l'enverra – il est trop réussi ! Allons-nous-en ! Allons-nous-en ! » gémit Mrs. Capadose en serrant le bras de son mari.

« Est-il si réussi ? s'écria le pauvre homme.

– Allons-nous-en, allons-nous-en », se contenta-t-elle de répéter ; et elle se dirigea vers l'escalier qui montait à la galerie.

Lyon entendit l'objection du colonel : « Pas par là – ne passons pas par la maison, dans l'état où tu es. Par ici, nous pouvons sortir », ajouta-t-il ; et il entraîna sa femme vers la petite porte qui donnait sur le jardin. Elle était verrouillée, mais Capadose poussa le verrou et ouvrit la porte. Mrs. Capadose sortit en hâte, mais son mari resta là, le regard fixé sur l'intérieur de la pièce. « Attends-moi un instant ! » lui cria-t-il ; et, d'un pas agité, il rentra dans le studio. Il revint devant le portrait et le contempla à nouveau. « Maudit soit-il ! Maudit soit-il ! » s'écria-t-il encore. Lyon n'aurait su dire si cette malédiction avait pour objet l'original du portrait ou l'artiste qui en était l'auteur. Le colonel se détourna et parcourut la pièce à pas rapides, comme s'il cherchait quelque chose ; Lyon fut d'abord incapable de deviner son intention. Puis l'artiste se dit, à mi-voix : « Il va l'abîmer ! » Son premier mouvement fut de se ruer en bas de l'escalier pour arrêter le colonel ; mais il se retint, car les sanglots d'Everina Brant résonnaient encore à ses oreilles. Le colonel trouva ce qu'il cherchait – au milieu du bric-à-brac qui couvrait une petite table – et il se précipita vers le chevalet. Au même instant, Lyon s'aperçut que l'objet dont s'était saisi le colonel était une petite dague orientale et qu'il l'avait plongée dans la toile. Capadose semblait animé par une fureur soudaine, car d'un geste d'une extrême violence, il fit glisser l'instrument vers le bas (Lyon savait que la lame n'était pas très acérée), ouvrant dans la toile une longue et abominable blessure. Puis il arracha la dague et planta plusieurs autres coups dans le visage du portrait, exactement comme s'il poignardait une victime humaine : l'effet était des plus bizarres – on eût dit un suicide figuré. Quelques secondes après, le colonel avait jeté la dague au loin – il la suivit du regard en faisant ce geste, comme s'il s'attendait à la voir toute fumante de sang – puis il quitta la pièce en hâte, refermant la porte derrière lui.

Le plus étrange de tout – on s'en apercevra sans doute – était qu'Oliver Lyon n'avait pas fait un geste pour sauver son tableau. Mais il n'eut pas l'impression de le perdre, ou bien il était indifférent à cette perte, car une certitude nouvelle l'habitait désormais. Sa vieille amie avait effectivement honte de son mari, et c'était lui, Lyon, qui en était la cause : l'artiste avait remporté un succès considérable, même si le portrait était réduit en lambeaux. Cette révélation excita tant Lyon, comme à vrai dire l'ensemble de la scène, que lorsqu'il descendit les marches après le départ du colonel, il était parcouru de frissons de joie ; il fut pris de vertige et du s'asseoir un instant. Le portrait présentait une douzaine de blessures dentelées – le colonel l'avait littéralement massacré. Lyon le laissa là où il était, n'y toucha pas, lui jeta à peine un regard ; il se contenta de marcher de long en large dans l'atelier, toujours aussi surexcité, pendant une heure. À la fin, la brave gouvernante vint lui conseiller de déjeuner ; un couloir qui passait sous l'escalier menait à l'office.

« Ah, la dame et le gentleman sont partis, monsieur ? Je ne les ai pas entendus.

– Oui, ils sont sortis par le jardin. »

Mais elle s'était arrêtée, et regardait, bouche bée, le portrait placé sur le chevalet. « Bonté divine, comme vous l'avez arrangé, monsieur ! »

Lyon imita le colonel. « Oui, je l'ai taillé en pièces – dans un accès de dégoût.

– Mon Dieu, après tout le mal que vous vous êtes donné ! Est-ce qu'ils n'étaient pas contents, monsieur ?

– Oui, c'est cela, ils n'étaient pas contents.

– Eh bien, ils doivent être bien exigeants ! Moi, je m'en contenterais bien !

– Faites-le donc couper en morceaux ; il servira à allumer le feu », répondit Lyon.

Il repartit à la campagne par le train de 3 h 30 et, quelques jours plus tard, s'embarqua pour la France. Pendant les deux mois où il fut absent d'Angleterre, Lyon attendit quelque chose – il aurait eu du mal à dire quoi ; un signe, quel qu'il fût, de la part du colonel. Celui-ci n'allait-il pas écrire pour expliquer son geste, puisqu'il devait bien imaginer que Lyon avait découvert de quelle manière Capadose l'avait « arrangé », selon l'expression de la cuisinière, et ne jugerait-il pas au moins convenable de prendre en pitié, d'une manière ou d'une autre, la perplexité de l'artiste ? Capadose allait-il plaider coupable ou bien écarter tout soupçon ? Ce dernier parti serait difficile et mettrait grandement à l'épreuve le génie du colonel, à cause du témoignage inévitable de la gouvernante de Lyon, qui avait fait entrer les visiteurs et établirait le rapport entre leur présence et la violence infligée au portrait. Le colonel allait-il offrir au peintre quelque excuse ou réparation, ou bien, s'il parlait, ne ferait-il qu'exprimer à nouveau cette colère destructrice que notre ami avait vu sa femme lui inspirer si vite et si fort ? Capadose devrait soit déclarer qu'il n'avait pas touché au tableau, soit avouer le contraire, et dans un cas comme dans l'autre, il lui faudrait inventer une fameuse histoire. Lyon était impatient de l'entendre, cette histoire, et comme aucune lettre n'arrivait, il en fut déçu. Toutefois, il était plus impatient encore d'entendre la version de Mrs. Capadose, s'il devait y en avoir une ; car ce serait là sans doute la véritable épreuve, qui montrerait jusqu'où elle était prête à aller pour son mari, ou bien pour lui, Oliver Lyon. Il mourait d'impatience de voir quel parti elle allait prendre ; de savoir si elle se contenterait d'adopter celui du colonel, quel qu'il fût. Le peintre voulait interroger Mrs. Capadose sans délai, pour se faire une idée. Il lui écrivit dans ce but, depuis Venise, sur le ton habituel de leur amitié, lui demandant de ses nouvelles, racontant ses voyages, exprimant l'espoir de la voir bientôt à Londres et sans souffler mot du tableau. Les jours passèrent, après l'envoi de la lettre, à laquelle il ne reçut pas de réponse ; cela lui fit penser qu'Everina ne pouvait se risquer à écrire, qu'elle était encore trop sous le coup de l'émotion provoquée par la « trahison » du peintre. Son mari avait épousé cette émotion, et Everina avait épousé le geste qu'il avait exécuté en conséquence ; c'était donc une rupture complète, et tout était fini. Lyon considéra cette perspective avec une certaine mélancolie, tout en trouvant déplorable de voir des gens aussi charmants se mettre aussi grossièrement dans leur tort. Il eut enfin la consolation, sans en apprendre davantage pour autant, de recevoir une lettre, brève mais qui respirait la bonne humeur et ne suggérait ni grief ni mauvaise conscience. La partie la plus intéressante de la lettre, selon Lyon, était le post-scriptum, qui disait ceci : « J'ai une confession à vous faire. Nous nous trouvions en ville pour quelques jours, le 1er septembre, et j'ai profité de l'occasion pour défier votre autorité – c'était très mal de ma part, mais je n'ai pas pu m'en empêcher. J'ai obligé Clement à m'emmener à votre atelier – j'avais une si terrible envie de voir, en dépit de vos souhaits, ce que vous aviez fait de lui. Nous avons obligé vos domestiques à nous laisser entrer et j'ai jeté un bon coup d'œil au tableau. Il est vraiment étonnant ! » « Étonnant » ne disait pas grand-chose, mais du moins cette lettre n'apportait-elle pas de rupture.

Le troisième jour après le retour de Lyon à Londres était un dimanche, de sorte qu'il pouvait aller demander à Mrs. Capadose de l'inviter à déjeuner. Elle lui avait donné, au printemps, une invitation générale pour le dimanche et le peintre s'en était servi plusieurs fois. C'était au cours de ces occasions (avant les premières séances de pose) qu'il avait vu le colonel sous son jour le plus familier. Aussitôt le repas terminé, son hôte disparaissait (il sortait, disait-il, pour aller voir *ses* femmes) et la seconde demi-heure était la meilleure, même lorsque d'autres invités étaient présents. Ce jour-là, comme on était au début de décembre, Lyon eut la chance de trouver le couple seul, sans même Amy, qui d'ailleurs n'apparaissait que rarement en public. Ils étaient au salon, à attendre l'annonce du déjeuner, et dès que le peintre fit son entrée, le colonel s'écria : « Mon cher ami, je suis enchanté de vous voir ! J'ai si grande hâte de reprendre nos séances !

– Oh oui, continuez donc, ce que vous faites est si beau », ajouta Mrs. Capadose en lui tendant la main.

Lyon regarda de l'un à l'autre ; il ne savait pas à quoi il s'était attendu, mais ce n'était pas à cela. « Ah, bon, vous pensez donc que je tiens quelque chose ?

– Vous tenez tout », dit Mrs. Capadose en souriant à Lyon de ses yeux mordorés.

« Elle vous a écrit pour vous avouer notre petit crime ? demanda son mari. Elle m'a traîné chez vous – j'ai été forcé d'y aller. » Lyon se demanda un instant s'il entendait par leur « petit crime » l'attaque contre la toile ; mais les paroles que le colonel prononça ensuite ne confirmèrent pas cette interprétation. « Vous savez que j'aime poser – cela me donne de si belles occasions de m'adonner à ma *bavardise**. Et en ce moment, j'ai le temps.

– Vous devez vous souvenir que j'ai presque terminé, remarqua Lyon.

– En effet. C'est bien dommage. J'aimerais que vous recommenciez depuis le début.

– Mon cher ami, je vais devoir reprendre au début, en effet ! » répondit Oliver Lyon avec un rire, en regardant Mrs. Capadose. Elle ne croisa pas son regard – elle s'était levée pour demander le déjeuner. « Le tableau a été saccagé, poursuivit Lyon.

– Saccagé ? Ah, pourquoi donc avez-vous fait cela ? » demanda Mrs. Capadose, debout devant lui dans tout l'éclat limpide de sa beauté. Maintenant qu'elle le regardait, elle était impénétrable.

« Ce n'est pas moi – je l'ai découvert dans cet état – percé d'une douzaine de trous !

– Pas possible ! » s'écria le colonel.

Lyon tourna son regard vers lui, en souriant. « J'espère que ce n'était pas vous, au moins ?

– Est-ce irréparable ? » demanda le colonel. Il avait l'air aussi sincère et enjoué que sa femme, et on aurait dit qu'il refusait tout simplement de prendre la question de Lyon au sérieux. « Par désir de poser pour vous ? Mon cher, si j'y avais pensé, je l'aurais fait.

– Et ce n'était pas vous non plus ? » demanda le peintre à Mrs. Capadose avec insistance.

Avant qu'elle eût pu répondre, son mari l'avait prise par le bras, comme si une idée hautement suggestive venait de le frapper. « Parbleu, ma chère, cette femme – cette femme !

– Cette femme ? » répéta Mrs. Capadose ; et Lyon se demanda aussi de quelle femme le colonel voulait parler.

« Vous ne vous souvenez pas que lorsque nous sommes sortis, elle était à la porte – ou non loin de là ? Je vous ai parlé d'elle. Geraldine – Grenadine –, celle qui avait forcé votre porte l'autre jour, expliqua-t-il à Lyon. Nous l'avons vue qui traînait dans les parages – je l'ai fait remarquer à Everina.

– Vous voulez dire qu'elle s'en est prise à mon tableau ?

– Ah oui, je me souviens, dit Mrs. Capadose avec un soupir.

– Elle a forcé la porte une fois de plus – elle a appris par où passer – elle attendait l'occasion, poursuivit le colonel. Ah, la petite misérable ! »

Lyon baissa les yeux ; il se sentait rougir. C'était là ce qu'il avait attendu – le jour où le colonel sacrifierait sans scrupule une personne innocente. Et se pouvait-il que sa femme se prête à cette ultime atrocité ? Lyon s'était souvent rappelé au cours des semaines précédentes que lorsque le colonel avait commis son méfait, Everina avait déjà quitté la pièce ; mais il s'était pourtant convaincu – car c'était pratiquement certain – que Capadose l'avait informée de son exploit dès l'instant où il l'avait rejointe. Il était dans le feu de l'action ; et même s'il n'avait pas parlé de ce qu'il avait fait, sa femme l'aurait deviné. Lyon ne croyait pas un instant que la pauvre Miss Geraldine se fût trouvée là, à traîner près de la porte de l'atelier, et le récit que le colonel lui avait fait, l'été précédent, de ses relations avec cette dame n'avait pas le moins du monde abusé le peintre. Lyon n'avait jamais vu Geraldine avant le jour où elle était venue se planter dans son studio ; mais il la connaissait et la cataloguait tout comme s'il l'avait faite. Le peintre connaissait bien le modèle londonien féminin sous toutes ses formes – dans chaque phase de son développement et à chaque étape de sa déchéance. Lorsqu'il était entré chez lui ce matin de septembre, juste après l'arrivée de ses deux amis, il n'avait pas aperçu le moindre signe, d'un bout à l'autre de sa rue, d'une réapparition de Miss Geraldine. Le fait était resté gravé dans son esprit, car il avait noté que la perspective était déserte au moment où sa cuisinière lui avait dit qu'une dame et un gentleman se trouvaient dans son atelier : Lyon avait été surpris de ne voir ni calèche ni cab devant sa porte. Puis il s'était fait la réflexion qu'ils étaient sans doute venus par le métropolitain ; sa maison était tout près de la station de Marlborough Road[1] et il savait que le colonel, quand il venait à ses séances de pose, avait plus d'une fois utilisé ce moyen de transport. « Comment diable est-elle entrée ? » Il posa la question à ses compagnons d'un air indifférent.

« Descendons déjeuner », dit Mrs. Capadose en quittant la pièce.

« Nous sommes sortis par le jardin – sans déranger votre gouvernante –, je voulais le montrer à ma femme. » Lyon suivit son hôtesse en compagnie du colonel, qui l'arrêta en haut de l'escalier : « Mon cher ami, aurais-je eu la sottise de ne pas verrouiller la porte ?

– Je n'en sais rien, colonel », dit Lyon alors qu'ils descendaient les marches. « C'était un geste très déterminé – un vrai chat sauvage.

– Eh bien, c'est ce qu'elle est, un chat sauvage – que le diable l'emporte ! C'est pourquoi je voulais la séparer de ce garçon.

– Mais je ne comprends pas son motif.

– Elle est timbrée – et elle me hait ; voilà son motif.

1. La première section du métro londonien (Underground Railway) avait été inaugurée en 1863.

– Mais elle ne me hait pas, moi, mon cher ! répliqua Lyon en riant.

– Elle haïssait le portrait – vous ne vous souvenez pas qu'elle l'avait dit ? Plus il y a de portraits et moins il y a de travail pour les gens de sa sorte.

– Oui, mais si elle n'est pas vraiment le modèle qu'elle prétend être, quel tort cela peut-il lui faire ? » demanda Lyon.

La question laissa le colonel un instant interdit – mais rien qu'un instant. « Ah, elle déraillait méchamment ! Comme je le disais, elle est timbrée. »

Ils entrèrent dans la salle à manger, où Mrs. Capadose prenait place. « C'est trop affreux, c'est trop horrible ! dit-elle. Vous voyez que le sort est contre vous. La Providence vous interdit de vous montrer aussi désintéressé – de peindre des chefs-d'œuvre pour rien.

– Et vous, avez-vous vu cette femme ? » demanda Lyon, avec dans son ton une pointe de sévérité qu'il ne pouvait adoucir.

Mrs. Capadose parut ne pas l'entendre ou ne pas y prendre garde. « Il y avait une personne, non loin de votre porte, sur laquelle Clement a attiré mon attention. Il m'a alors parlé d'elle, mais nous allions dans la direction opposée.

– Et pensez-vous qu'elle soit coupable ?

– Comment le saurais-je ? Si elle l'est, la pauvre fille est folle.

– J'aimerais bien mettre la main sur elle », dit Lyon. C'était une fausse déclaration, car il n'avait aucun désir de reprendre sa conversation avec Miss Geraldine. Il avait démasqué ses amis pour son propre compte, mais il n'était pas disposé à les confondre aux yeux d'autrui, et surtout pas à leurs propres yeux.

« Oh, vous pouvez être sûr qu'elle ne reparaîtra plus. Vous êtes tranquille ! s'exclama le colonel.

– Mais je me souviens de son adresse – Mortimer Terrace Mews, Notting Hill.

– Oh, ce ne sont que des blagues ; cette adresse n'existe pas.

– Seigneur, que de mensonges ! dit Lyon.

– Y a-t-il quelqu'un d'autre que vous soupçonnez ? poursuivit le colonel.

– Non, personne.

– Et que disent vos domestiques ?

– Ils disent que ce n'est pas eux, et je réponds que je n'ai jamais dit cela. C'est à peu près la teneur de nos entretiens.

– Et quand ont-ils découvert le désastre ?

– Ils ne l'ont pas découvert du tout. C'est moi qui l'ai remarqué le premier – à mon retour.

– Eh bien, elle aurait pu facilement entrer, dit le colonel. Vous ne vous rappelez pas qu'elle est apparue d'un seul coup ce jour-là, comme un clown dans l'arène ?

– Oui, oui, elle aurait pu faire le coup en trois secondes, sauf que le tableau n'était pas sorti.

– Mon cher ami, ne me maudissez pas – mais bien sûr, c'est moi qui l'avais déniché.

– Vous ne l'aviez donc pas rangé ? demanda Lyon d'un air tragique.

– Ah, Clement, Clement, ne vous avais-je pas dit de le faire ? » s'exclama Mrs. Capadose sur un ton de reproche exquis.

Le colonel poussa un gémissement théâtral ; il se cacha le visage dans les mains. Les paroles de sa femme furent pour Lyon la touche finale ; elles provoquèrent l'effondrement de toute sa vision – de sa théorie selon laquelle elle était secrètement restée fidèle à la vérité. Même pour celui qui l'avait aimée jadis, elle ne le voulait pas ! Il avait la nausée ; il ne pouvait rien avaler ; il savait qu'il faisait une bien étrange figure. Il murmura quelque chose comme « ce qui est fait est fait » – il tenta de détourner la conversation vers d'autres sujets. Mais c'était un effort épouvantable et il se demanda si ses hôtes le ressentaient autant que lui. Il se posait toutes sortes de questions : s'ils avaient deviné qu'il ne les croyait pas (bien sûr, ils ne devineraient jamais qu'il les avait vus) ; s'ils avaient préparé leur histoire à l'avance ou si c'était seulement l'inspiration du moment ; si Everina avait résisté, protesté, lorsque le colonel lui avait proposé sa version, avant d'être vaincue par lui ; si en bref elle ne se haïssait pas tandis qu'elle restait assise là. La cruauté, la lâcheté qui consistaient à attribuer leur acte impie à cette malheureuse femme paraissaient monstrueuses à Lyon – non moins monstrueuses, à la vérité, que la légèreté qui pouvait leur faire prendre le risque de voir Geraldine, justement indignée, les traiter de menteurs. Bien sûr, ce risque ne pouvait que la disculper, elle, sans les inculper, eux – tant les Capadose étaient protégés par les probabilités ; et ce sur quoi le colonel comptait (ce sur quoi il aurait compté depuis le jour où il avait raconté son histoire, après avoir vu le modèle pour la première fois dans l'atelier, s'il avait alors songé le moins du monde à la question et n'avait parlé sous le coup d'un génie tout spontané) était simplement que Miss Geraldine avait bel et bien disparu à jamais dans l'inconnu d'où elle était sortie. Lyon voulait tant abandonner ce sujet de conversation que lorsque après quelque temps Mrs. Capadose lui dit : « Mais ne peut-on rien faire ? le tableau ne peut-il être réparé ? Vous savez qu'on fait des merveilles dans ce domaine aujourd'hui », il répondit seulement : « Je n'en sais rien, je m'en moque, tout est fini, *n'en parlons plus** ! » L'hypocrisie d'Everina le révoltait. Et pourtant, comme pour arracher le dernier voile qui préservait la honte de Mrs. Capadose, le peintre lui demanda encore, peu de temps après : « Et le portrait vous avait vraiment plu ? » À quoi elle répondit, le regardant droit dans les yeux, sans rougir, sans pâlir, sans un mouvement d'esquive : « Oh, je l'ai adoré ! » En vérité, son mari l'avait bien dressée. Après cela, Lyon ne dit plus rien et ses compagnons s'abstinrent alors d'insister, comme des personnes douées de tact et de sympathie qui comprenaient que l'odieux incident l'avait affligé.

Lorsqu'ils se levèrent de table, le colonel s'en alla sans monter avec eux à l'étage ; mais Lyon retourna au salon avec son hôtesse, en précisant toutefois en chemin qu'il ne pourrait rester qu'un instant. Il passa cet instant – car il se prolongea un peu – debout avec elle devant la cheminée. Elle ne s'assit pas et ne le pria pas non plus de le faire ; ses manières indiquaient qu'elle se préparait à sortir. Oui, son mari l'avait bien dressée ; pourtant Lyon rêva un moment que maintenant qu'il était seul avec elle, elle allait peut-être s'effondrer, se rétracter, se répandre en excuses et en confidences, lui dire : « Mon cher vieil ami, pardonnez-moi cette horrible comédie – vous comprenez ! » Et alors, comme il l'aurait aimée, comme il aurait eu pitié d'elle, comme il l'aurait protégée, aidée toujours ! Si elle n'était pas disposée à agir ainsi, pourquoi l'avait-elle traité comme s'il était son cher vieil ami ; pourquoi l'avait-elle laissé pendant des mois former certains espoirs – ou presque ; pourquoi était-elle venue à son atelier jour après jour pour rester assise à ses côtés en prenant le prétexte du portrait de son enfant, comme si elle aimait rêver à ce qui aurait pu être ? Pourquoi, en un mot, avait-elle frôlé de si près une confession tacite si elle n'avait pas l'intention d'aller un pouce plus loin ? Et elle n'en avait pas l'intention – absolument pas ; il le comprit tandis qu'il s'attardait là. Everina se déplaça un peu à travers la pièce, remettant en place deux ou trois objets sur les tables, mais elle ne fit rien de plus. Soudain, Lyon lui demanda : « Dans quelle direction allait-elle, quand vous êtes sortis ?

– Qui ? La femme que nous avons vue ?

– Oui, l'étrange amie de votre mari. C'est

un indice qui vaut la peine d'être exploité. » Lyon n'avait aucune intention de l'effrayer ; il ne voulait que lui communiquer l'impulsion qui lui ferait dire : « Ah, épargnez-moi – et épargnez-le, lui aussi ! Cette personne n'a jamais existé. »

Au lieu de cela, Mrs. Capadose répondit : « Elle s'éloignait de nous – elle traversait la rue. Nous arrivions de la station.

– Et a-t-elle semblé reconnaître le colonel – s'est-elle retournée ?

– Oui, elle s'est retournée, mais je n'ai pas remarqué grand-chose. Un cab est passé et nous l'avons pris. Ce n'est qu'à ce moment-là que Clement m'a appris qui elle était ; je me souviens qu'il m'a dit qu'elle était là pour quelque mauvais coup. Je suppose que nous aurions dû retourner chez vous.

– Oui, vous auriez sauvé le tableau. »

Pendant un moment elle ne dit rien ; puis elle sourit. « Pour vous, je suis vraiment désolée. Mais vous devez vous souvenir que je possède l'original ! »

En entendant cela, Lyon se détourna. « Eh bien, je dois partir », dit-il ; et sans autre forme d'adieu, il la quitta et sortit de la maison. Comme il remontait lentement la rue, l'impression lui revint de cette première image d'elle qu'il avait aperçue à Stayes – du long regard qu'il l'avait vue fixer sur son mari, de l'autre côté de la table. Lyon s'arrêta au coin de la rue, jetant des regards vagues derrière et devant lui. Il ne retournerait jamais chez eux – il ne le pourrait pas. Elle était toujours amoureuse du colonel – il l'avait trop bien dressée.

DÉCOUVREZ LES FOLIO 2 €

Parutions de janvier 2006

ANONYME *Conte de Ma'rûf le savetier*

Un conte poétique et féerique de la belle Shahrâzâd, une histoire très vivante, pleine de drôlerie et d'invention dans un Orient magique.

R. DEPESTRE *L'œillet ensorcelé et autres nouvelles*

De conquêtes amoureuses en aventures érotiques, Depestre nous entraîne avec jubilation dans son univers coloré et libertin.

H. JAMES *Le menteur*

Un court chef-d'œuvre sur l'obsession de l'imposture et une vibrante histoire d'amour.

JI YUN *Des nouvelles de l'au-delà*

Ce petit recueil diabolique semble émaner directement de l'au-delà et se lit avec délectation.

J. LONDON *La piste des soleils et autres nouvelles*

Dans les plaines glacées d'Alaska, sur les traces des chercheurs d'or, l'auteur de *L'appel de la forêt* nous fait pénétrer dans un univers d'hommes rudes et solitaires.

J.-B. POUY *La mauvaise graine et autres nouvelles*

Des histoires étonnantes pour pénétrer dans l'univers très particulier d'un écrivain inclassable.

M. PROUST *L'affaire Lemoine*

Quand l'auteur d'*À la recherche du temps perdu* s'amuse à pasticher d'autres écrivains pour le plus grand bonheur du lecteur…

QIAN ZHONGSHU *Pensée fidèle* suivi de *Inspiration*

Deux nouvelles, d'un humour fin et sarcastique, qui nous plongent au cœur de la littérature chinoise contemporaine et témoignent de l'originalité de l'écriture de Qian Zhongshu.

SAINT AUGUSTIN *La Création du monde et le Temps* suivi de *Le Ciel et la Terre*

Des questions essentielles que nous nous posons tous un jour et auxquelles saint Augustin tente de répondre avec une foi profonde alliée à un grand bon sens.

B. SCHULZ *Le printemps*

Écrivain secret, Bruno Schulz nous entraîne dans son univers onirique et étrange transcendé par une langue poétique à la fois riche et exceptionnelle.

Dans la même collection

R. AKUTAGAWA	*Rashômon et autres contes* (Folio n° 3931)
M. AMIS	*L'état de l'Angleterre* précédé de *Nouvelle carrière* (Folio n° 3865)
H. C. ANDERSEN	*L'elfe de la rose et autres contes du jardin* (Folio n° 4192)
ANONYME	*Le poisson de jade et l'épingle au phénix* (Folio n° 3961)
ANONYME	*Saga de Gísli Súrsson* (Folio n° 4098)
G. APOLLINAIRE	*Les Exploits d'un jeune don Juan* (Folio n° 3757)
ARAGON	*Le collaborateur et autres nouvelles* (Folio n° 3618)
I. ASIMOV	*Mortelle est la nuit* précédé de *Chantecloche* (Folio n° 4039)
H. DE BALZAC	*L'Auberge rouge* (Folio n° 4106)
T. BENACQUISTA	*La boîte noire et autres nouvelles* (Folio n° 3619)
K. BLIXEN	*L'éternelle histoire* (Folio n° 3692)
M. BOULGAKOV	*Endiablade* (Folio n° 3962)
R. BRADBURY	*Meurtres en douceur et autres nouvelles* (Folio n° 4143)
L. BROWN	*92 jours* (Folio n° 3866)

S. BRUSSOLO	*Trajets et itinéraires de l'oubli* (Folio n° 3786)
J. M. CAIN	*Faux en écritures* (Folio n° 3787)
A. CAMUS	*Jonas ou l'artiste au travail* suivi de *La pierre qui pousse* (Folio n° 3788)
T. CAPOTE	*Cercueils sur mesure* (Folio n° 3621)
T. CAPOTE	*Monsieur Maléfique et autres nouvelles* (Folio n° 4099)
A. CARPENTIER	*Les Élus et autres nouvelles* (Folio n° 3963)
C. CASTANEDA	*Stopper-le-monde* (Folio n° 4144)
M. DE CERVANTÈS	*La petite gitane* (Folio n° 4273)
R. CHANDLER	*Un mordu* (Folio n° 3926)
G.K. CHESTERTON	*Trois enquêtes du Père Brown* (Folio n° 4275)
E. M. CIORAN	*Ébauches de vertige* (Folio n° 4100)
COLLECTIF	*Au bonheur de lire* (Folio n° 4040)
COLLECTIF	*« Dansons autour du chaudron » Les sorcières de la littérature* (Folio n° 4274)
COLLECTIF	*Des mots à la bouche* (Folio n° 3927)
COLLECTIF	*« Il pleut des étoiles »* (Folio n° 3864)
COLLECTIF	*« Leurs yeux se rencontrèrent... »* (Folio n° 3785)
COLLECTIF	*« Ma chère Maman... »* (Folio n° 3701)
COLLECTIF	*« Mourir pour toi »* (Folio n° 4191)
COLLECTIF	*« Parce que c'était lui ; parce que c'était moi »* (Folio n° 4097)
COLLECTIF	*Un ange passe* (Folio n° 3964)
CONFUCIUS	*Les Entretiens* (Folio n° 4145)
J. CONRAD	*Jeunesse* (Folio n° 3743)
J. CORTÁZAR	*L'homme à l'affût* (Folio n° 3693)
D. DAENINCKX	*Ceinture rouge* précédé de *Corvée de bois* (Folio n° 4146)
D. DAENINCKX	*Leurre de vérité et autres nouvelles* (Folio n° 3632)

R. DAHL	*L'invité* (Folio n° 3694)
R. DAHL	*Gelée royale* précédé de *William et Mary* (Folio n° 4041)
S. DALI	*Les moustaches radar (1955-1960)* (Folio n° 4101)
M. DÉON	*Une affiche bleue et blanche et autres nouvelles* (Folio n° 3754)
D. DIDEROT	*Lettre sur les aveugles à l'usage de ceux qui voient* (Folio n° 4042)
R. DUBILLARD	*Confession d'un fumeur de tabac français* (Folio n° 3965)
S. ENDO	*Le dernier souper et autres nouvelles* (Folio n° 3867)
ÉPICTÈTE	*De la liberté* précédé de *De la profession de Cynique* (Folio n° 4193)
W. FAULKNER	*Le Caïd et autres nouvelles* (Folio n° 4147)
W. FAULKNER	*Une rose pour Emily et autres nouvelles* (Folio n° 3758)
F. S. FITZGERALD	*La Sorcière rousse* précédé de *La coupe de cristal taillé* (Folio n° 3622)
F.S. FITZGERALD	*Une vie parfaite* suivi de *L'accordeur* (Folio n° 4276)
C. FUENTES	*Apollon et les putains* (Folio n° 3928)
GANDHI	*La voie de la non-violence* (Folio n° 4148)
R. GARY	*Une page d'histoire et autres nouvelles* (Folio n° 3753)
J. GIONO	*Arcadie... Arcadie...* précédé de *La pierre* (Folio n° 3623)
J. GIONO	*Prélude de Pan et autres nouvelles* (Folio n° 4277)
W. GOMBROWICZ	*Le festin chez la comtesse Fritouille* et autres nouvelles (Folio n° 3789)
H. GUIBERT	*La chair fraîche et autres textes* (Folio n° 3755)
E. HEMINGWAY	*L'étrange contrée* (Folio n° 3790)

E. HEMINGWAY	*Histoire naturelle des morts et autres nouvelles* (Folio n° 4194)
C. HIMES	*Le fantôme de Rufus Jones et autres nouvelles* (Folio n° 4102)
E. T. A. HOFFMANN	*Le Vase d'or* (Folio n° 3791)
P. ISTRATI	*Mes départs* (Folio n° 4195)
H. JAMES	*Daisy Miller* (Folio n° 3624)
T. JONQUET	*La folle aventure des Bleus...* suivi de *DRH* (Folio n° 3966)
F. KAFKA	*Lettre au père* (Folio n° 3625)
J. KEROUAC	*Le vagabond américain en voie de disparition* précédé de *Grand voyage en Europe* (Folio n° 3694)
J. KESSEL	*Makhno et sa juive* (Folio n° 3626)
R. KIPLING	*La marque de la Bête et autres nouvelles* (Folio n° 3753)
LAO SHE	*Histoire de ma vie* (Folio n° 3627)
LAO-TSEU	*Tao-tö king* (Folio n° 3696)
J. M. G. LE CLÉZIO	*Peuple du ciel* suivi de *Les bergers* (Folio n° 3792)
H. P. LOVECRAFT	*La peur qui rôde et autres nouvelles* (Folio n° 4194)
P. MAGNAN	*L'arbre* (Folio n° 3697)
K. MANSFIELD	*Mariage à la mode* précédé de *La Baie* (Folio n° 4278)
G. DE MAUPASSANT	*Le Verrou et autres contes grivois* (Folio n° 4149)
I. McEWAN	*Psychopolis et autres nouvelles* (Folio n° 3628)
P. MICHON	*Vie du père Foucault – Vie de Georges Bandy* (Folio n° 4279)
H. MILLER	*Plongée dans la vie nocturne...* précédé de *La boutique du Tailleur* (Folio n° 3929)
S. MINOT	*Une vie passionnante et autres nouvelles* (Folio n° 3967)

Y. MISHIMA	*Dojoji et autres nouvelles* (Folio n° 3629)
Y. MISHIMA	*Martyre* précédé de *Ken* (Folio n° 4043)
M. DE MONTAIGNE	*De la vanité* (Folio n° 3793)
E. MORANTE	*Donna Amalia et autres nouvelles* (Folio n° 4044)
V. NABOKOV	*Un coup d'aile* suivi de *La Vénitienne* (Folio n° 3930)
P. NERUDA	*La solitude lumineuse* (Folio n° 4103)
F. O'CONNOR	*Un heureux événement* suivi de *La Personne Déplacée* (Folio n° 4280)
K. OÉ	*Gibier d'élevage* (Folio n° 3752)
L. OULITSKAÏA	*La maison de Lialia et autres nouvelles* (Folio n° 4045)
C. PAVESE	*Terre d'exil et autres nouvelles* (Folio n° 3868)
C. PELLETIER	*Intimités et autres nouvelles* (Folio n° 4281)
L. PIRANDELLO	*Première nuit et autres nouvelles* (Folio n° 3794)
E. A. POE	*Aventure sans pareille d'un certain Hans Pfaall* (Folio n° 3862)
R. RENDELL	*L'Arbousier* (Folio n° 3620)
P. ROTH	*L'habit ne fait pas le moine* précédé de *Défenseur de la foi* (Folio n° 3630)
D. A. F. DE SADE	*Ernestine. Nouvelle suédoise* (Folio n° 3698)
D. A. F. DE SADE	*La Philosophie dans le boudoir* (Les quatre premiers dialogues) (Folio n° 4150)
A. DE SAINT-EXUPÉRY	*Lettre à un otage* (Folio n° 4104)
J.-P. SARTRE	*L'enfance d'un chef* (Folio n° 3932)
B. SCHLINK	*La circoncision* (Folio n° 3869)
L. SCIASCIA	*Mort de l'Inquisiteur* (Folio n° 3631)

SÉNÈQUE	*De la constance du sage* suivi de *De la tranquillité de l'âme* (Folio n° 3933)
G. SIMENON	*L'énigme de la* Marie-Galante (Folio n° 3863)
D. SIMMONS	*Les Fosses d'Iverson* (Folio n° 3968)
J. B. SINGER	*La destruction de Kreshev* (Folio n° 3871)
P. SOLLERS	*Liberté du XVIIIème* (Folio n° 3756)
STENDHAL	*Féder ou Le Mari d'argent* (Folio n° 4197)
R. L. STEVENSON	*Le Club du suicide* (Folio n° 3934)
I. SVEVO	*L'assassinat de la Via Belpoggio et autres nouvelles* (Folio n° 4151)
R. TAGORE	*La petite mariée* suivi de *Nuage et soleil* (Folio n° 4046)
J. TANIZAKI	*Le coupeur de roseaux* (Folio n° 3969)
J. TANIZAKI	*Le meurtre d'O-Tsuya* (Folio n° 4195)
A. TCHEKHOV	*Une banale histoire* (Folio n° 4105)
L. TOLSTOÏ	*Le réveillon du jeune tsar et autres contes* (Folio n° 4199)
I. TOURGUÉNIEV	*Clara Militch* (Folio n° 4047)
M. TOURNIER	*Lieux dits* (Folio n° 3699)
M. VARGAS LLOSA	*Les chiots* (Folio n° 3760)
P. VERLAINE	*Chansons pour elle et autres poèmes érotiques* (Folio n° 3700)
L. DE VINCI	*Prophéties* précédé de *Philosophie* et *Aphorismes* (Folio n° 4282)
VOLTAIRE	*Traité sur la Tolérance* (Folio n° 3870)
H. G. WELLS	*Un rêve d'Armageddon* précédé de *La porte dans le mur* (Folio n° 4048)
E. WHARTON	*Les lettres* (Folio n° 3935)
O. WILDE	*La Ballade de la geôle de Reading* précédé de *Poèmes* (Folio n° 4200)
R. WRIGHT	*L'homme qui vivait sous terre* (Folio n° 3970)

Composition Nord Compo
Impression Novoprint
à Barcelone, le 5 décembre 2005
Dépôt légal : décembre 2005

ISBN 2-07-031987-3./Imprimé en Espagne.